Chara

蜜なる異界の契約

JN282423

遠野春日

キャラ文庫

この作品はフィクションです。
実在の人物・団体・事件などにはいっさい関係ありません。

目次

蜜なる異界の契約

口絵・本文イラスト／笠井あゆみ

I

夜空に丸く大きな月がくっきりと浮かんでいる。

この日、東京《とうきょう》で見られる月は通常の満月よりおよそ十四％大きく、三十％明るかった。月が地球に最接近するときに満月だと、このように大きく明るい月になる。

「綺麗だな。まるで我々の降臨を歓迎してくれているようではないか」

ベレトがせっかく気持ちを奮い立たせるべく言ったにもかかわらず、傍らに付き従う男から返ってきた言葉は白々としたものだった。

「あれはスーパームーンと呼ばれる、単なる天文現象です」

「ふん。相変わらず面白くないやつ」

「お褒めいただきありがとうございます、ベレト様」

従者の身でありながら、ときどき慇懃《いんぎん》無礼な態度で臆面もなく歯に衣着《きぬ》せぬ発言をするサガンを、ベレトはジロリと睨《にら》んだ。

いつもであれば、もっといろいろ言ってやるところだが、いかんせん今は分が悪い。

なにしろ、ベレトは『我々の世界』から放逐されてきたばかりだ。

絶対的な力を持つ父王の不興を買い、「一分一秒たりとも猶予はならん。即刻これより去れ。当面その顔を我に見せるな」と命を下されたからには、従わざるを得ない。怒りに任せて頭上に落雷を落とされるより先に、取るものも取りあえず異界に降りてきた。

原因はつまらないことだ。十数人いる父王の愛妾のうち、最も若くて美しい女とうっかり関係を持ってしまった。向こうからしつこく誘ってきたので絆《ほだ》されて寝てやっただけだが、あっという間に父王の知るところとなり、ベレト一人が追放処分となった。

王の愛人を寝盗ってしまったのだから無理からぬこととはいえ、たった一度の火遊びで、住み心地のいい『我々の世界』を離れなくてはならなくなったとは不覚の一語に尽きる。割に合わないとはまさにこのことだ。

王には十五人の息子と娘がいる。ベレトは十三番目の子で、第七王子である。精悍《せいかん》な顔立ちに長身で肩幅の広い見栄えのする体軀《たいく》、そしてなにより大きくて壮健な翼に恵まれたおかげで、兄弟のうちでも目立った存在だ。男女を問わず言い寄ってくる者は多い。しかし、さすがに王の愛妾はまずかった。奔放に快楽を求め続けたツケがついに回ってきたようだ。他のことは大目に見ても、この件ばかりは許さぬ、しばらく人間どもに交じって頭を冷やしてこい、との沙汰《さた》だった。

サガンはそんなベレトについて来てくれた。いかにも仕方なさそうに嘆息し、「私がいなければ貴方様は何もおできにならないでしょう」などと癪《しゃく》に障ることをほざきながら、ベレトを見捨てはしなかったのだ。

こいつめ、とムッとしたものの、事実なので反論しようもない。実際問題としてベレトはこれまで身の回りのことは全部従者任せだったため、一人ではいかにも心許なかった。

そんなわけで、さすがのベレトも当分の間はサガンに対して大きな顔ができない。サガンは日頃から恐れ知らずに無遠慮かつ辛辣《しんらつ》な物言いをする男だが、それに真っ向から不服を唱えたり、機嫌を損ねてみせたりするのは憚《はばか》られる。悔しいことにサガンの弁にはたいてい一理あり、正論をついている。にこりともせず取り澄ましていて、可愛げがないことこの上ないが、傍にいてくれないと何かと不自由するのも確かだ。慣れない異界においてはなおさらだった。

「あそこにちょうどいい休憩場所がある」

付近一帯で抜きんでて高さのある電波塔の最上部に降り立ったベレトは、背中に生えた大きな漆黒の翼を畳むと同時に、黒い革製のライダースーツに身を包んだ人間の姿をとり、眼下に広がる色鮮やかなネオンを一望する。

「しばらく見ないうちにこの街もずいぶん変わったな」

折から吹きつけてきた強い風に乱された髪が、顔にうるさく打ちかかる。

それを無造作に梳《す》き上げつつ、前に遊びがてらこの世界を覗《のぞ》き見しにきたときのことを頭に浮かべ、あれはざっと五十年ほど前のことだったか、と反芻《はんすう》する。

「向こうに見える赤くライトアップされたタワーには見覚えがあるが、それよりもっと高いこっちの鉄塔は、以前はなかった」

「左様でございましょうとも」

羽音の一つもたてずベレトの背後に静かに着地したサガンがそっけなく返す。

「こちらはつい先頃竣工したばかりの真新しい電波塔です。この下に展望デッキが二箇所ありますが、まだ一般公開前で関係者以外誰も立ち入りを許可されておりません」

「本当になんでもよく知っているな、貴様は」

口では冷やかしながらも、ベレトはサガンの博識ぶりに舌を巻いていた。

「べつにたいしたことはありません」

謙遜と取るにはいかにもぶっきらぼうな調子でサガンは受け流す。

サガンもまた黒ずくめのスーツを身に着け、見た目は人間と区別がつかないように扮している。長い髪は後ろで一括《ひとくく》りにされていた。

二人が立っているのは、高さ六百三十四メートルの真新しい電波塔の最上部、デジタル放送用アンテナの先端だ。人が上がってこられるガラス張りの天望回廊よりさらに百八十メートル上になる。

日中、天候がよければ遙か彼方まで望めるであろう見晴らしのよい場所も、夜の帳《とばり》が降りた今は地上に張りついたカラフルな色の洪水を眺めて愉しむのがせいぜいだ。

ベレトはすっと目を細め、望遠鏡で焦点を合わせるかのごとく、細部を拡大していった。望遠鏡と違うのは、視野が狭まらないことだ。広範囲を見渡しながら、意識を向けた地点を瞬時に拾い上げられる。そうして電波塔の突端から繁華街の人や車の流れを見下ろし、ベレトは己の眼鏡《めがね》に適《かな》ったモノを捜す。

自らの世界を離れたからには、己の手で力の補給をしなければならない。

「狭い場所に人や物が密集した都市だ。これなら、俺が必要とする獲物の一人や二人、容易《たやす》く見つけられるだろう」

特にあの辺り、とベレトは横柄なしぐさで顎《あご》をしゃくってみせた。

「ごみごみしていて、猥雑で、妙な活気があって、ありとあらゆる欲望が渦を巻いている。まさに我らの飢えを満たすにうってつけのモノが屯《たむろ》していそうな場所だ」

「新宿《しんじゅく》の歌舞伎町《かぶきちょう》界隈ですね」

サガンはベレトの視線が向けられた先を一瞥《いちべつ》し、ああ、と納得した様子で一度瞬きする。

「あの手合いの街には胡散《うさん》臭くてつけ入りやすそうなやつらがいくらでもいる。その歌舞伎町とやらだけじゃない。あっちにも、こっちにも、そのまた向こうにも、似たような雰囲気の場所がある。それぞれ少しずつ集まる連中の質は違うようだがな」

爪を長く伸ばした指で、目についた処を一つ一つ数え上げるように示し、ベレトはどこかに気に入る相手がいないかと物色する。

血気盛んな、活きのいい、成熟した若い人間。様々な感情を持っているほうが精気を吸い上げるとき味に深みが出て満足度が高いため、犬や猫などの四つ足の動物より人間がいい。人間であれば性別は問わない。ベレトは男も女も同様に扱える。人間は自らと非常に近しい体型をしているし、知能の発達も優れている。ベレトが異界で『我々の世界』にいるときと同等の力を保持するには、生きものから良質の精気を取り込む必要があった。精気は生き血の中に流れており、眷属《けんぞく》の中には血をそのまま吸う下等な種族もいるが、ベレトはそんなさつなまねはしない。

「サガン、貴様はどうする？」

傍らで他人事のように無関心を装い、ただ漠然と夜景を眺めるだけのサガンに意向を訊ねると、サガンは僅かに肩を竦《すく》め、淡々と答えた。

「私のことはご心配には及びません。幸い私はいつでも自由に『我々の世界』とこちらとを行き来できる身、補給が必要になればいったん里帰りさせていただき、すぐにまた戻って参ります。もともと高貴なご身分の貴方様と違って必要な量も少のうございます」

「そうだな。異界での謹慎処分はあくまでも俺にだけ科せられた罰で、貴様は関係ない」

「恐れ入ります」

ベレトが鼻白んで返すとサガンはいくぶん恐縮した様子で頭を下げた。

夜中でも眠る気配のない、派手なネオンが瞬く大都会の谷間。

美食家を自認するベレトには、単なる補給といえど、それなりのものでなければプライドが許さない。

ふと、ベレトの琴線に触れる気配があった。

瞳を凝らして対象を絞り込む。

「なにかお心に適うものがありましたか？」

サガンが抜かりなく気づき、問いかけてくる。

「ああ。ちょっと俺の隣に来てみろ。見えるか、あの暗がりが」

ベレトの許しを得たサガンは、軽く一礼してベレトの傍らに進み出て、肩を並べた。

「若い男一人を強面《こわもて》の男たちが三人がかりで吊《つる》し上げているようですが」

十数キロ先の光景であっても、意識を集中させて注視すれば目の前で展開しているのと同様の感覚で捉えられる。相手に対して意識を開くことによって、ヴィジョンの共有も可能だ。

「今宵はあれを狩っておすませになるおつもりですか」

「できればあれを飼いたい」

「飼う？　失礼ながら、移り気な貴方様からそのようなお言葉が出るとは、どうした風の吹き回しでしょう」

サガンは不躾《ぶしつけ》なことを平然と言い、切れ長の目を眇《すが》めた。そうして、人間たちの頭から記憶と思考を読み、滔々《とうとう》と並べ立てる。

「でも、あれはいずれもたいした器ではありません。単なるチンピラどもですよ。今もあそこであしてけちな小競り合いをしているだけです。あの若い男は、まんまと自分を置いて逃げおおせた仲間の男とつるんで美人局《つつもたせ》をして、カモから小金を脅し取っていたようです。追いかけてきた三人は付近一帯をシマにしている浅野《あさの》組の下っ端どもですね。……まさか、あんなくだらない、低レベルの連中に関心をお持ちになったわけではありませんよね」

聞くというより念を押す感じでサガンはベレトに冷ややかな流し目をくれる。一度きりの相手にするならまだしも、と目が非難していた。主人を相手にいっこうに憚ることなく無遠慮な態度をとる。ベレトは腹立たしい反面、サガンのこうした不遜なところを気に入ってもいた。

「チンピラだのカモだのシマだのと、ずいぶん器用にあいつらの言葉を使いこなすものだな。そもそも美人局とはどういう意味だ」

サガンはベレトの冷やかしは相手にせず、淡々と美人局の説明をする。

「普通は男女が組んで行う詐欺の手口ですが、彼は人間にしてはまぁ整っているほうなので、ゲイの男をカモにしているのでしょう。カモを誑《たぶら》かしてその気にさせ、相手が手を出しかけたところを狙いすまして恋人役の相方が登場、俺のオンナになにをするとかなんとかいちゃもんをつけて金品を巻き上げるわけです」

「確かに小さいやつらだな」

話に耳を貸している最中もベレトは四人から目を離さず、腕組みをしてじっと若い男を観察し続けていた。

言われるまでもなく、彼の放つ『気』がたいしたものでないことはベレトも承知だ。あれよりもっと上質の、人間たちの言葉で表現するなら『邪悪な』精神を持つ存在は、ほかにいくらでもいるだろう。それにもかかわらず、あの若い男が視界の隅に入った途端、ベレトはほかに目を移せなくなっていた。なぜかわからないが引きつけられる。

「もしや、四人まとめて糧になさるおつもりですか？」

ベレトの真意を量りかねるのか、サガンが眉《まゆ》を顰《ひそ》めて半信半疑といったふうに口にする。

「馬鹿も休み休み言え。俺が欲しいのはあの若い男だけだ。あとのチンピラどもは醜すぎて精気を吸い取る気にもならない」

「私には皆同じに見えますが、どうやらベレト様のお目にはあの細くて気の強そうな彼がなにやら特別なものに映っておいでのご様子。しかも、今宵一晩ではなく、彼を『飼う』おつもりになられている。失礼ながら理解に苦しみます」

「ふん。いつもの気まぐれだと思え。飽きたらほかを探すまでのこと。存外、あの男は俺を長く愉しませてくれるやもしれないぞ。細腰でいかにも体力がなさそうだが、悦楽を覚えさせるとどこまでも貪婪《どんらん》になって、俺に甘露を味わわせてくれる気がする」

「確かに淫乱な質だということは否定しません。でも、ろくでなしですよ、ただの。今年二十四にもなるのに確固とした生活の基盤も信念も持たず、ふらふらしている。博打打ちの人生で、過去は複雑、柵《しがらみ》も多い。彼と関わるのは厄介事に首を突っ込むようなものです。お勧めいたしません」

「おまえの意見など聞いてない」

ベレトは煩わしげに言ってのけ、胸の前で組んでいた腕を解く。

忠告しても無駄なことは最初から承知していたのか、サガンはふっと溜息《ためいき》をつき、

「お行きになるのですか?」

と先回りする。

まだ翼も広げぬうちから賢《さか》しいやつめ、とベレトはサガンをいささか鬱陶《うっとう》しく感じ、ジロリ

と一瞥した。

「あれはもう俺のものだ」

横柄に宣言し、電波塔の天辺に巡らされた手摺《てす》りの上に軽やかに飛び乗る。

「おまえは来るな。俺一人で十分だ」

「御意」

サガンが従者らしく畏《かしこ》まるのを尻目に、ベレトは手摺りを蹴って空に身を投じた。

バサッと漆黒の翼を広げ、力強く羽ばたく。

身の丈の何倍もの大きさを持つ美しくも頑健な翼は高貴の証しだ。王族のうちでも一、二を争う勇壮さ、華麗さで、畏怖と憧憬の象徴と言われている。

中天にくっきりと懸かった月の面を横切るベレトの姿は、人の目には映っていなかった。

＊

そろそろこの辺り一帯をシマにしている暴力団から横槍が入るかもしれない。

退屈凌ぎのゲームにしては美人局はいささか危険な遊びだ。いい加減潮時にするべきかと、泰幸《やすゆき》も考え始めてはいた。被害者が警察に訴える可能性もある。

いちおう泰幸も警戒はしていたものの、仲間の男と適度に飲んで店を出、少し歩いたところでいきなり二人の男に行く手を塞《ふさ》がれたときには、ギョッとして全身に緊張が走った。振り返ってみると、背後にも強面の男が一人迫ってきている。

両脇にごちゃごちゃと雑居ビルや路面店が建ち並ぶ狭い通りだ。

人通りはそこそこあるものの、皆、かかわりになるのを避けるように遠巻きにし、足早に過ぎていく。

「最近、俺らのシマで勝手に稼いでる二人組ってのは、てめぇらだな？」

右目の下に痣《あざ》のある、いかにも腕っ節の強そうな男が、泰幸と連れの男を交互に睨《ね》めつけ、ドスの利いた声で聞いてくる。

「うわあああっ！　だから言わんこっちゃねぇ！　オ、オレはもうやめようって言ったんだ！」

泰幸の連れの日吉《ひよし》は、凄まれるやいなやわぁわぁ喚《わめ》き、一瞬の隙を突いて脱兎のごとく逃げていった。

「なんだ、なんだ、あの図体ばかりデカイ兄ちゃんは」

「情っさけねぇクソ野郎だぜ」

男たちは呆れた様子で口々に罵《ののし》ると、臆病者に用はないとばかりに日吉を打ち捨て、残った泰幸に二人分の報復をすることにしたようだ。

「おい、綺麗な面したお嬢ちゃん」

痣の男に胸座《むなぐら》を摑《つか》み上げられ、泰幸は踵を浮かせたまま踏ん張った。

「なんなんだ、あんたたち。乱暴はよせ」

怯えた様子を見せては相手の思うつぼだ。泰幸は精一杯強気の姿勢を貫いた。

どこの組の下っ端かは知らないが、明らかにやくざふうの三人に押し迫られ、本音は歯の根が合わなくなりそうなほど怖い。もともと泰幸はただの軽薄な遊び人だ。美人局にしても必要に迫られてやっていたわけではない。善人ではもちろんないが、悪人と言えるほどのこともしておらず、毎日をのんべんだらりと過ごすだけの怠け者だ。働きもせずに親の遺した金を食い潰しているろくでなしだと自分でもわかっている。

「てめぇ、さっきのヤツと組んで、野郎相手に美人局なんぞして俺たちのシマを荒らしてるそうじゃねぇか。どういう料簡なのか向こうでとっくりと聞かせてもらおうか」

痣の男がグッと顔を近づけてきて威嚇《いかく》する。

「人違いだ」

泰幸は空惚《そらとぼ》ける以外対抗策を思いつけなかった。

「じゃあなんでもう一人は逃げた？」

「あんたらの顔つきが怖かったから、わけもわからずびびったんだろ」

「いい加減なことぬかしやがるなっ！　顔に似合わずふてぇ野郎だぜ、こいつ」

小突かれるようにして無理やり歩かされ、人気《ひとけ》のない狭い路地に連れ込まれる。

路地の一角に、小さなビルを解体した跡地がある。バリケードで囲ったまま放置されていて、壊しかけの土台がまだ残されたままだ。そこかしこに鉄筋が突き出たコンクリートの瓦礫《がれき》が転がっている。バリケードの一部に裂け目があって人が入り込めるようになっており、泰幸は三人に前後を挟み込まれる形で強制的にそこを潜らされた。

さすがにヤバイと感じて血の気が引いたが、一人みすみす逃がしてしまった連中にもはや油断はない。あのクソ野郎、自分だけとっとと退散しやがって、と怒りが湧いたが、今はそれどころではなかった。

荒れ放題になった敷地の中程に突き飛ばされ、あやうく転びかける。

「乱暴はよせって！」

暗くて足元の悪い中、瓦礫を踏んで革靴の底を滑らせつつ、悪態をつく。

道路脇の街灯の光もここまでは届かず、天空に懸かった月が禍々《まがまが》しいまでの明るさで四人を照らすのみだ。

「なかなか威勢のいい野郎じゃないか。どうやらこいつのほうが首謀格らしいぞ」

「シロウトが舐《な》めたまねしやがって」

凶暴な面構えをした男たちに詰め寄られ、泰幸はなんとかしなければと頭を巡らせた。

「だから、誤解だと言ってるだろうが」

認めたが最後、ここで三人から殴る蹴るの暴行を受け、ぼろぼろにされてしまう。暴力沙汰になれば勝ち目はない。揃いも揃って体格のいい三人と比べたら、泰幸は細身で非力な上、武道の心得の一つとして持たず、嬲《なぶ》られるままだ。なんとか言いくるめてこの場を回避し、逃れるチャンスを作るしかなかった。

ジリジリと三方から間合いを詰めてくる連中の動きに抜かりなく注意を払いながら、徐々に後退《あとずさ》っていく。奥には行きたくなかったが、彼らの醸し出す不穏な空気に追い立てられ、その場に踏み止まっていられない。

「威勢はいいが往生際は悪いみてぇだな」

「なにが誤解だ。ネタは挙がってんだよ！」

罵声を浴びせるやいなや、三人がいっせいに襲いかかってくる。

ヒッと恐怖に体が引き攣《つ》り、足が縺《もつ》れそうになる。

「やめろっ、俺は関係ない！」

「うるせぇ！」

横合いから殴りかかられる。

うわっと冷や水を浴びせかけられた心地になったと同時に、瓦礫に足を取られ、バランスを崩して背後に仰《の》け反《ぞ》った。

おかげで硬く握った拳は間一髪で避けられたものの、今度は左手にいた男に足を掬《すく》われ、ドウッと尻餅をついて瓦礫の山に倒れ込む。

男たちの足が振り上げられる。

蹴られる、と咄嗟《とっさ》に顔を伏せた。頭では逃げなくてはと思うのだが、体がまったく言うことをきかず、立つことはおろか尻をずらして這《は》いずる程度のことすらできない。代わりに、現実から目を背けるようにギュッと瞼を閉じていた。

そのとき、バサッと大きな翼が羽ばたく音が聞こえた気がした。

半ば恐慌を来しかけていたので、なにか別の物音を聞き間違えたのかもしれない。

覚悟した足蹴りが襲ってくる代わりに、

「やめておけ」

という、迫力に満ちた低い声が耳朶《じだ》を打つ。

突然割り込んできたその声は、落ち着き払って淡々としていた。いっそ静かと表現してもいいほどの響きだったが、逆らうことを許さない圧倒的な制止力を持っていて、一語でその場を支配した。

「な、なんだ、てめぇは！」

三人はバッと背後を振り返り、気色ばむ。

泰幸も恐る恐る目を開けてみた。

いつの間にバリケードを潜って入り込んできたのか、ライダースーツを身に着けた背の高い男が、胸の前で腕を組み、尊大に構えている。

暴力慣れしたチンピラ三人に取り囲まれても、頬肉一つ動かさず、ゾクリとするほど酷薄なまなざしで睥睨《へいげい》する。

夜に溶け込む漆黒の髪に青白い肌の男は、この世のものとは思えない秀麗な美貌と、見事に引き締まった体軀をしていた。日本人離れした高い鼻梁《びりょう》、彫りの深さ、形のよい唇。ただ綺麗なだけではなく、一目見たら忘れられない非常に印象的な顔立ちだ。体にぴったりとフィットした黒革の上下越しにも逞しい筋肉質のボディが想像され、ライダーブーツを履いた足はめったにお目にかかれないほど長い。全身から只者でなさそうな雰囲気を醸し出している。そこに佇《たたず》んでいるだけで気圧《けお》された。

三人の注意が彼に向いている間に逃げ出さなくては。今がチャンスだ。頭ではそう考えるのに、その場に縫い止められたかのごとく体が動かせず、立つこともままならない。

意気込んで邪魔者を恫喝《どうかつ》したチンピラ連中も、男の放つ尋常でない空気感に呑まれた様子で、威勢がよかったのは最初だけだった。一睨みされるやいなやウッと詰まって身を硬くし、男が指一本動かさぬうちから及び腰になっている。目力だけで完全に押さえ込まれてしまったかのようだ。

「去れ。おまえたちに用はない」

再び男が口を開く。

横柄で不遜な、いかにも命令し慣れた調子だった。己の意のままにできないことはないと信じているのが明らかな傲岸《ごうがん》さで、実際、チンピラたちの誰も突っかかっていかなかった。

「おい……行くぞ」

「お、おう！」

唖然とするほどあっさりと三人は退いた。もはや泰幸のことなど眼中にないらしい。一時でもこの場に留まりたくないのか、我先にとバリケードの破れ目から退散する。いったいなにが起きたのか泰幸にはさっぱり状況が呑み込めていなかった。

底知れぬ力を持った男は、これでようやく目的が達せられるとばかりに泰幸に視線をくれた。じっと見据え、おもむろに腕組みを解くと、ゆったりとした足取りで近づいてくる。

二人の間にあるのは静寂のみだ。声や態度で威嚇されるわけではない。瓦礫を踏みしめる足音すら立てず、静かに迫ってくる。

泰幸は激しい緊張に見舞われ、息を止めていた。全身にぞわっと鳥肌が立つ。チンピラたちに暴行されるところを彼に救われた、とはいささかも思えなかった。一難去ってまた一難、三人がかりよりも彼一人のほうが何倍も恐ろしく感じられた。

来るな、と叫びたかったが、喉が張りついたようになって声が出ない。

ガタガタと情けなく身を震えさせ、兢々《きょうきょう》とした心地で目だけ大きく見開いて男を凝視する。逸らそうにも視線を逸らせなかった。そっぽを向くなどもってのほかで、瞼を伏せることさえできない。動けなくなる呪文でもかけられたかのようだ。

「怖いのか、俺が」

腕を伸ばせば胸座を摑まれそうな距離まで来て、男は膝を折り、泰幸の顔を間近から覗き込む。鼻先が泰幸の顔に触れんばかりの近さで、泰幸はいっそうたじろいだ。底光りする黒い瞳には揶揄《やゆ》する色が浮かんでいた。

「あ、あんた、誰……？」

ようやくそれだけ口にする。不思議なことに、瞬きするのも憚られるほどガチガチに固まっていながら、彼の目を見ていると思考を吸い上げられるように言葉にしていた。

「俺か。俺は遠くから来た者だ」

「遠く？」

外国ということか。確かに彼の容貌は日本人離れしており、そうだとしても違和感はなかった。しかし、彼は不機嫌そうに眉根を寄せ、「違う」と唐突に否定する。今度は口から出す前に頭の中を読まれたようだった。

「軽薄なお遊びばかりしているおまえみたいな輩《やから》には、俺を理解するだけの頭はなかろう。俺の名はベレト。おまえはそれさえ知っていればいい」

想像以上に傲慢で無礼な態度の男だ。遠慮会釈もなしに決めつけられて、とうてい素直な気持ちで聞くことはできなかったが、さりとて反発心を露《あらわ》にするだけの気概があるわけでもなく、泰幸は不満そうなまなざしで彼を見返すのがせいぜいだった。

「俺とおまえとの間には浅からぬ縁ができる」

泰幸の心境になどかまいもせずベレトは一方的に話し続けた。その物言いは断定的で、逆らうことを許さない強固さがあった。いったい何者なんだ、こいつは。泰幸は彼の纏《まと》う尋常でない雰囲気に怯える一方、呆れてもいた。彼の存在にしても、喋っている内容にしても、妙に現実味がなく、悪い夢でも見ている気分だ。夢なら早く醒めてくれ、と胸の内で唱える。

「これは契約の予告だ。正式な契りは後日あらためて両者合意の許に行う」

「何を言っているのかさっぱりわからない」

黙っていては相手の思うつぼかもしれないと警戒し、泰幸は勇気を奮い立たせて言い返す。

美人局をして間抜けなカモどもから金銭を脅し取って遊んでいた自分が、うっかり悪徳商法に引っかかっては馬鹿もいいところだ。させるか、と意地が出た。意味不明なセリフで混乱させ、ろくでもない契約を交わさせようとしても、そうは問屋が卸さない。

「今にわかる」

ベレトの言葉は泰幸の脳内に直接話しかけてくるかのごとく響いた。

頭の芯がクラッとする。

そういえば、先ほどからずっと、感覚を麻痺させ、酩酊を誘いでもしているような香りがしている。これも彼の仕業なのか。なにか、神経に働きかける麻薬に近い効能を持った香水でも纏っているのではないか。

「いいか、心の弱い、甘えた人間。俺はなんの取り柄もないおまえがなぜか気に入った。光栄に思え。この俺がおまえごときと契約を結んでやろうというのだ。おまえが俺に与えた分だけ俺もおまえに返す。おまえの身を守り、益になることをしてやる代わり、俺におまえの精気を吸わせろ」

そのとき泰幸の意識はかなりのレベルで混迷していた。

ベレトの声が洞窟の中で反響するようにうわんうわんと濁って聞こえる。

やはりこれは夢を見ている状態だ。

いつから夢になったのか定かでないが、目が覚めたらたぶん思い出せるだろう。

「明日あらためておまえの許を訪ねる」

いや、もう現れるな。泰幸は迷惑だと思って眉を顰めた。

フッとベレトが皮肉っぽく唇の端を吊り上げる。

「一度俺を知れば、おまえはきっとやみつきになる。俺とおまえはたぶん最高の相性のはずだ。俺の目に狂いはない」

――これはおまえの運命だ。諦めて受け入れろ。

脳裡にベレトの声がこびりつく。

それが、このとき泰幸が耳にした最後の言葉になった。

*

はっとして目覚めると、そこはいつも見慣れた寝室の、セミダブルベッドの上だった。

窓の外はまだ暗い。二枚重ねのローマンシェードのうち、レース地のほうだけが床まで下りていて、布張りのほうは中程まで畳まれたままになっている。昨夜、床に就く前に下ろし忘れたらしい。

起きたと同時に忘れてしまったが、どうやら夢見がよくなかったようで、嫌な心地だけが残っている。ちゃんと寝たはずなのに疲れがとれておらず、妙な緊張感に包まれていて気持ちが落ち着かない。何かに追いかけられるような気分だ。

ヘッドボードに立てかけた枕に背中を預け、昨夜は結局どうしたんだったか、と反芻する。

相方と組んでときどきやっている憂さ晴らしが、あの辺りをシマにしているやくざの耳に入り、下っ端三人が制裁をしに来た。空威張りの得意な相方はいち早く遁走《とんそう》し、逃げ遅れた泰幸は路地奥のビル解体跡地に引き立てられ、殴る蹴るの暴行を受ける寸前だった。

そこに見知らぬ男が突然現れたのだ。

思い出した途端、背筋からうなじまで悪寒が駆け抜け、ぶるっと首を竦めていた。

なんとも得体の知れない、不敵で不気味な印象の男だった。やくざたちのように暴力に訴えて脅してくるのではなく、言動は物静かなくらいだったが、威圧感に満ちていて、己の意のままにならないことなど存在しないとでも言いたげな傲岸不遜さだった。

黒革のライダースーツを着た、百八十五は優にありそうな長身をしたその男は、ほんの一言か二言でやくざ者たちを追い払うと、狙い定めた獲物を誰にも邪魔されずに狩って愉しむかのごとく泰幸に近づいてきた。

それから先は、靄《もや》がかかったように判然としない。

何か話した気がする。不本意なことばかり一方的に言われたような。しかし、どんなに頭を捻《ひね》ってみても具体的な内容は思い出せない。そればかりか、自分がどうやってあの場を離れたのか、いつここに帰ってきたのかすら記憶にないのだ。

男からは結局無事に逃れられたのか。そして、その後やけ酒でも飲んで泥酔したのだろうか。それなら記憶が飛んでいるのも納得できなくはない。今までにも何度となくそういう経験をしている。さしてアルコールに強くもないのに、嫌なことがあるとすぐ酒に逃げてしまう。挙げ句、植え込みに突っ伏して道端で夜明かししたとか、知らない男のベッドに裸で寝ていたなど、両手の指では数えきれないくらいだらしないまねをしてきた。

幸い、昨晩はそこまでひどい酔い方はしなかったようだ。きちんと寝間着に着替えているのを確かめてホッとする。体のどこにも怪我はしていないし、行きずりの男を銜《くわ》え込んだ形跡も残っていない。二日酔いの徴候すらなく、本当に記憶をなくすほど飲んだのか疑わしかった。それでも、そうとでも考えるほか説明がつかず、無理やり己を納得させていた。

枕元に置いた時計を見ると午前四時を回ったところだった。

まだずいぶん早い。普段、夜型の生活をしている泰幸にとっては、これからベッドに入ることもある時間だ。

とはいえ、今からまた寝直す気にはなれず、仕方なくベッドを下りてシャワーを浴びた。

泰幸の住む部屋は百平米を超す広さのメゾネットタイプだ。二階部分に寝室とウォークインクローゼット、そしてトイレとシャワーブースが備わっている。

バスローブ姿のまま階下に行き、キッチンの冷蔵庫からドイツ産の瓶ビールを取って栓抜きで開ける。瓶に直接口をつけてラッパ飲みしながら、リビングのソファに身を投げた。

長めに伸ばした髪を煩わしげに掻き上げ、ガラス製のセンターテーブルに両足を載せただらしない格好でビール瓶を傾ける。

何もかもが面倒くさい。したいこともなければ、しなければならないこともない。何時に起きて何時に寝ようと誰にもかまわれることのない怠惰な生活だ。

青山《あおやま》という、都会の真ん中に建つマンションの八階に位置する贅沢な造りの部屋は、一人には広すぎる。シンと静まりかえったよそよそしい空間に、世間と切り離されたかのようにして居るのが嫌で、昼の間はごろごろと寝て過ごし、夜になると繁華街を彷徨《うろつ》く毎日だ。

そんな荒《すさ》んだ生活を送るようになってそろそろ丸一年になる。

大学時代にも一度どうしようもなく荒れ、今以上にめちゃくちゃなことをしていた時期があったが、半年ほどした頃、秘書を通じて父親から厳しく釘を刺され、いったんは生活をあらためた。荒れていたのには事情があったが、おいそれと人に話せることではなかった。

釘を刺されたというより半ば脅される形でおとなしくせざるを得なくなっていたのだが、それも母親が亡くなって一人ぼっちになるまでのことだった。

とある大物政治家の愛人だった母親は泰幸が大学を出るまでは存命で、とにかく卒業だけはしてくれ、と言われたものだ。あとは野垂れ死んでも知ったことじゃないが、大学を出るまでは面倒を見てやる、という恩着せがましい態度だった。その言葉に従ったわけでもないのだが、母親の望みどおり卒業だけはした。勉強は不得手だが要領だけは人一倍よくて、なんとか必要単位は取得できた。

卒業はしたものの就職先は決まっておらず、冗談交じりに「親父の秘書にでもしてもらおうか」などと言っているうちに、母親が脳溢血《のういっけつ》で倒れ、意識が戻らぬまま三週間後に亡くなった。それが今よりちょうど一年前の、五月のことだ。

泰幸に残されたのは、母親がオーナーママとして切り盛りしていた六本木《ろっぽんぎ》のクラブと、青山のこのマンション、そして数千万円の保険金だ。おかげでブラブラしていても当面生活には困らない。父親とは子供の頃に何度か会ったきりで、ここ十数年来顔を合わせたこともない。母親の葬儀のときにも、若い下っ端の秘書が香典を持ってきただけで、本人からはウンともスンとも言ってこなかった。おおかたそんなところだろうと踏んでいただけに、失望はしなかった。香典を持ってきただけましというものだ。

泰幸の父親は、名前を言えば政治にある程度詳しい人間なら誰もが知っている有力な国会議員だ。いわゆる叩き上げで今の地位までのし上がってきた男で、クリーンかつ誠実な庶民の味方面してはいるが、裏に回れば強引、横暴、目的のためには手段を選ばぬ食わせ者らしい。母親が未練もなにもなさそうに、しゃらっとした顔で皮肉っぽく話していた。あんたも気をつけなさいよ、いざとなったら血の繋《つな》がった息子でもなんでも簡単に切り捨てて、酷い目に遭わせる男なんだから。刃向かうなら弱みを握ってからじゃなきゃ。そう言ってケラケラ笑っていた母親も、相当したたかな女だったに違いない。

六本木のクラブは、現在、雇われママに任せてある。不況のわりには儲かっているほうだろう。泰幸も何度か客として利用したが、女の子の質が高く、居心地のいい店だ。ただし、泰幸自身は女より男が好きな質なので、どんな女性が男受けするのかは今ひとつわからない。

泰幸の遊びのテリトリーは新宿界隈だ。

高校生のときから歌舞伎町や二丁目にしょっちゅう遊びにいっていた。

昨晩もつるんでいた相方の日吉陸郎《ろくろう》とは、半年ほど前、二丁目のパブで知り合った。日吉のほうから粉をかけてきたのだが、少し話しただけで見せかけだけのつまらない男だというのはわかった。体格がよくて腕っ節も立つというのが日吉の自慢のようだったが、泰幸は最初鼻で嗤《わら》って相手にしなかった。それにもかかわらず日吉は懲りずにしつこく纏いついてくる。嘘か本当か泰幸に一目惚れしたと食い下がり、なんでも言うことを聞くと言う。そんなとってつけたような口説き文句は一顧だにしなかったが、いい加減面倒くさくなったので寝てやった。

たぶん、泰幸は自分自身にうんざりしていたのだ。ふとした瞬間、何もかもめちゃくちゃにしてやりたい衝動に襲われる。好きでもない男と寝ることなどべつになんでもないことだ。刹那的に気持ちがよければそれもありだと割り切っている。その点、日吉はまぁ悪くなかった。以後だらだらと関係を持ち続けることになったのも、惰性以外のなにものでもない。

定職に就かずに怠惰な毎日を過ごしていると、退屈で死にそうだと感じることがある。日吉に協力させて、男相手の美人局というのも泰幸が考えたゲームだ。相手から脅し取った金は全部やると言うと、図体が大きいわりに小心者の日吉は渋々承知した。

歌舞伎町はやくざ同士の間で縄張り争いの絶えない、シロウトがちょっかいを出すのは危険な場所だ。ヘタをすると難癖つけられて痛い目に遭うかもしれない。わかってはいたが、何回か成功させてスリルを味わうことが愉しくなるにつれ、自重できなくなってきた。いかにも性格の悪そうな金持ちのオヤジを罠に嵌《は》めて、足元に這《は》いつくばらせるのが面白い。自宅や会社ではさぞかし居丈高で鼻持ちならなそうなオヤジが顔を青くして、なんとか穏便にすませようと下手に出る様が滑稽だ。日吉がまた、自分のほうに分があるときにはやたらと強気で、やくざ顔負けに凄んでみせて調子に乗る。

三度目までは痛快なくらいうまくいった。

しかし、昨晩は失敗だった。バーで引っかけた好色そうなオヤジに寸前で逃げられ、次のカモを捜そうと相談していた矢先にやくざ者たちに取り囲まれたのだ。

「あの腰抜け野郎が」

いち早く自分だけ逃げた日吉に対して悪態をつく。

どうせその程度の男だろうとは思っていたが、実際にああも不様なところを見せられると、それまで半年もの間行動を共にしてきた己の顔にまで泥を塗られた気持ちで、腹が立つ。

おそらく日吉は昼過ぎになったら電話をかけてきて、言い訳や弁解を山とするだろうが、泰幸は耳を貸すつもりはない。そろそろ潮時だと考えていたので、別れる口実ができてちょうどよかった。

次第に窓の外が白んでくるのが、ドレープカーテンの隙間から差し込む太陽の光でわかる。五月初旬、日の出は四時四十五分頃だ。夏至に向かってどんどん日が長くなっていく。寒いのも暑いのも苦手な泰幸にしてみれば、実りの秋と並んで今が季節的に好きな時分だ。

ソファを立ってカーテンを開けに行き、まだ薄暗い空を窓ガラス越しに見上げ、今日は運動でもしに出かけるか、と思い立つ。自他共に認める怠け者の自分が、こんな健康的な時間に起きているのは稀だ。ずいぶん前になんとなく入会して以来、会費だけ自動引き落としされているスポーツクラブに、久しぶりに行ってみる気になった。

ミストサウナつきの風呂で一時間かけてのんびりと入浴し、トーストとコーヒーで簡単に朝食をすませる。それから、セーターとジーンズに着替え、スポーツバッグを持って八時前にマンションを出た。

朝の爽やかな空気に包まれ、東の空から照りつける眩《まぶ》しい陽光に目を眇める。

まだ早いせいか、マンション前の道路にはそれほど人通りはない。スーツ姿のサラリーマンが二人と、制服姿の高校生が一人、ぱっと目についた。

平穏な一日の始まりを感じさせる光景だ。なんでもないこのありふれた光景が、泰幸には今の自分から最も遠いものに思え、場違いなところに足を踏み出した心地になる。夜遊びに明け暮れるうち、感覚がどこか麻痺してしまった気がして、やはり部屋に戻ろうかと一瞬気持ちが怯《ひる》んだ。明るく清廉な世界に己が似つかわしくなっていることを肌で感じ、柄にもなく気後れする。

そのとき、泰幸の前で黒塗りのスポーツクーペが停車した。

シボレー・カマロだ、と目を細めて見ていると、左側の運転席に座った男がウインドーを下げてこちらに顔を向けてきた。

昨晩の男だ……！

視線を合わせた途端、頭のてっぺんに稲妻を落とされたような衝撃が全身を貫いた。

尻餅をついたまま後退ることもできずに兢々としていた泰幸の許にまっすぐ歩み寄り、不遜な態度で睥睨してきた彼の立ち姿が脳裡に甦る。

なぜか彼に見据えられると体が萎縮《いしゅく》し、息をするのも緊張する。初めて相対したときもこうだったと思い出す。

同じ人間の形をしていても、どこか異質な雰囲気を醸し出す男、という印象がさらに強まった。見た目には鋭利な印象の顔つきをした自尊心の高そうな美形で、別段凶悪な感じもしないのだが、向き合うと危険信号が点滅して避けたい気持ちでいっぱいになる。

気持ちの上では今すぐこの場を逃れたいと浮き足立っているが、実際には指一本動かせずに彼を凝視するだけなのも昨晩同様だった。

「今朝はずいぶん早起きだな。珍しい。昨夜早くから寝たせいか」

フッと皮肉っぽいカーブを描く唇を唖然と見つめ、泰幸は納得いかなそうに眉根を寄せた。

ベレト——確かそう名乗ったこの見ず知らずの男は、あたかも普段の泰幸の生活態度がどんなものであるのか知っているかのようなことを言う。

「……悪いけど、あんたの相手をしている暇はないんだ」

泰幸は負けん気の強さを出してそっけなく突っぱねた。この男とだけはかかわりにならないほうがいい。本能が告げていた。

「たかだかスポーツクラブに行く程度の用事しかないくせに、一人前に忙しいふりをするとは笑止だな」

またしても言い当てられてギクリとする。

だが、今度はすぐに冷静さを取り戻した。手に提げたスポーツバッグに気がついたのだ。この格好を見たなら、泰幸がどこに行こうとしているのか察しがついても不思議はない。ベルトが恐ろしく勘のいい男なのは認めるが、だからといって心を読まれているような錯覚を起こし、いちいち身構える必要はないと己に言い聞かせる。

「だとしても、俺はあんたに付き合うつもりはさらさらないってこと」

冷ややかに返してそっぽを向く。

話をするうちに緊張が取れてきたのか、まだ少しぎこちなくではあったが、なんとか体が動かせるようになっていた。

昨晩といい今朝といい、なんの目的で泰幸にしつこく絡んでくるのか。ベルトの真意がまったく読めず、不安が膨らむ。なるべく穏便に片をつけたいと思ったら、腰を据えて話を聞き、対処するしかないだろう。逃げてもその場凌ぎにしかならないであろうことは、自宅まで突きとめられている事実からして明らかだ。

「とりあえず乗れ」

ベレトは泰幸の思考を受けたように言い、助手席に向けて横柄に顎をしゃくる。

泰幸は腹を括ってベレトの隣に座ってシートベルトを締めた。

車は真新しく、下ろし立ての匂いがする。

「あんた俺の頭の中が見えるのか。言葉にする前から何を考えているかわかっているみたいじゃないか」

本気のつもりはなかった。諦観に揶揄と嫌味を交ぜただけの発言だったのだが、ベレトは当然だとばかりに答えた。

「わからなくてどうする」

泰幸は目を瞠《みは》り、ステアリングを片手で握って車を走らせだしたベレトの横顔を、穴が空くほど凝視する。

「って……なんでだよ。ああ、もしかして、あれか。メンタルがどうのとかいう、口元の筋肉が引き攣ったとか、瞬きをしたとか、そういうちょっとした動作から俺の考えを当てるのか」

「わかるものはわかる、それだけだ」

ベレトは煩わしげに一刀両断した。種明かしをする気はないらしい。どちらかといえば短気で、基本的に人の話に耳を貸すつもりはないようだ。

「昨夜のことは夢じゃなかったんだな」

ふう、と溜息をついて独りごちる。

行き先を指示するまでもなくベレトはスポーツクラブのある麻布《あざぶ》方面に向かって車を走らせていた。何から何まで調べ上げられていると考えるほかないだろう。いつからストーキングされていたのか、まったく気づかなかった。四六時中行動を見張られていたのかと思うとゾッとする。言われるまま車に乗ってしまったのを、早くも後悔し始めていた。

「どこまで覚えている?」

ベレトの喋り方は常に高飛車で偉そうだ。最初のうちは癇《かん》に障ってむかついたが、いつの間にか慣れていて、違和感が消えていた。尊大な態度がしっくりくる者がいるものだ。

「なにも。コワイお兄さんたちを追っ払ったあと、あんたが俺に近づいてきたことだけ」

二人きりの車内で黙ったままなのも気まずく、泰幸はぶすっとした顔のまま返事をする。

「なんか、あんたはやたらと威張っていて強引だった気がするな。初対面の俺に、我が物顔でいろいろ言ってたような」

「ほう」

妙に感心した様子でベレトは泰幸を横目で流し見た。切れ長の酷薄そうな目だが、最初ほど剣呑な印象は受けなくなっていた。だんだんと泰幸に度胸がついてきたせいだろうか。よく見ると、漆黒の瞳は穏やかで、見境もなく暴力を振るいそうな気配は窺《うかが》えない。気持ちを楽にして傍にいると、わけもわからず戦慄《せんりつ》することはなかった。

「眠りに逃げて記憶をリセットしたのかと思ったが、朧《おぼろ》ながらもそれだけ覚えているところをみると、おまえにとって俺の存在は忘れがたいものだったようだな。つまり、俺の見込んだとおり、おまえと俺との間には絶ち切りがたい縁が最初からあったということだ。こんな遠く離れた場所にかつて巡り合わなかった因縁の相手がいるとは、俺自身を含め、誰一人として予想しなかっただろうよ」

「なにをごちゃごちゃ言ってるんだ。勝手に決めないでくれ」

相変わらずおかしなことばかり言う男だ。泰幸は苦々しげに釘を刺し、そっぽを向く。

地下鉄の出入り口が見えてきて、通勤通学途中の人々が様々な表情で歩道を歩いている。朝から疲れた様子をしている者、憂鬱そうな者、楽しげに友達と語らう者。ありふれた一コマかもしれないが、泰幸はめったに見ることのない光景だ。

結局、泰幸はまともな職には就かなかった。在学中から就職活動はいい加減で、どうにかなるさと根拠のない余裕を持って斜に構えていた。卒業後いくらも経たず母親が死んで保険金が下り、ちょっとした遺産まで手に入ったため、ますます真面目に働く気が失せ、現在に至る。

朝っぱらからよく知りもしない男の車に乗って、反対車線を走る車の流れと、その向こうの歩道をぼうっと眺めている自分はいったいなんなのか。すべてが不確かで、足場を持たない己にふと不安が込み上げる。以前からときどき駆られる焦燥だ。確固とした立ち位置が欲しければそれに見合った努力をすべきなのに、それはしたくない。毎回堂々巡りしてばかりだ。

「俺と契約すれば、そんな悩みも取るに足らないものになる」

泰幸が胸の内だけで考えようと、言葉にして告げようと、ベレトからの返しは同じ調子だ。もはや驚いたり不気味がったりするのにも飽き、泰幸はあるがままを受けとめることにした。どういうからくりだと聞いてもベレトは種を明かさない。それならば放っておいて考えないようにするしかないだろう。泰幸は何事においても面倒くさいことが嫌いな質だ。そのためなら自然の摂理や常識を曲げるのも厭《いと》わない。大雑把な性格だと我ながら思う。

「契約ってなんだ？　いちおう聞くだけ聞いておいてやる」

あれこれ気にするのをやめると、泰幸は開き直って剛胆に振る舞える。どうせなるようにしかならない、と捨て鉢な気持ちになるのだ。

「おまえは俺に精気を分け与える。俺はおまえの望みを叶える」

お伽噺《ときばなし》に出てきそうな内容の取り引きを、ベレトは至極真面目な顔つきで持ちかける。

「性器？」

「精気だ」

どう反応すればいいのか戸惑って、わざと下ネタに逃げてふざけた泰幸に、ベレトはにこりともせずにぴしゃりと訂正した。

「血の中に含まれている活力のもとを定期的に分けてくれるなら、俺の力が及ぶ範囲でおまえの欲望を満たしてやる。金でも地位でも若さでも美貌でも、おまえが思いつきそうな望みのほとんどを俺は叶えてやれるだろう。ただし、時間の移動はできない。逆行はもちろん、未来へ行くことも不可能だ」

精気を分けるとは、つまり血を吸うということなのか。

「き、吸血鬼……?」

恐る恐る聞いてみたが、ベレトは馬鹿にしたように目を眇めただけで、返事をするのも煩わしげに、無言のうちに違うと一蹴する。

そうだよな、と泰幸も考え直す。望みを叶えてくれる吸血鬼など聞いたこともない。第一、想像上の彼らはたいてい美女を好むのだ。

じゃあ、なにかもっと違う種類の魔族ということか。

泰幸はじわじわと目だけ動かして傍らの男を盗み見る。

視線がぶつかった途端、背筋が凍りつき、ざわっと全身に鳥肌が立った。尋常でない雰囲気と迫力に息が止まりそうなほどの緊迫感に襲われる。

「……あんた、何者……?」

やっとのことで声が出た。もしかすると昨晩も同じ質問をしたかもしれないが、覚えていないのだから仕方がない。

「我が名はベレト、ここより遙か遠い場所から来た」

ベレトは一転して芝居がかった調子で名乗る。

からかわれているだけなのか。泰幸は面くらい、おかげで恐怖がだいぶ薄れた。

「いや、だから、人間なのかどうかを、俺は知りたいんだよ」

「おまえたちとは違う世界に属する者だ」

「天使とか悪魔とか、そういったもののことか?」

どうもよくわからない。泰幸には事態がまるで把握しきれていなかった。

ベレトの真剣な表情を見る限り冗談だとは思えないが、すんなり信じるのも抵抗がありすぎる。普通の人間でないことは確かな気がするが、超能力者の域を出ているかどうかは判じきれない。大嘘つきのペテン師かもしれないし、あるいは本人が言うとおり本当に人外の存在かもしれない。

それでも、泰幸は徐々に落ち着きを取り戻しつつあった。怖さより好奇心のほうが強まり、目の前に実在する男をもっと知りたい欲求が生まれてくる。基本的に臆病なくせに怖いもの知らずの一面があって、開き直りが早いのが泰幸の性格だ。

半信半疑で稚拙な問いかけをした泰幸に、ベレトはふんと嘲笑するように鼻を鳴らし、口元を歪ませた。所詮《しょせん》人間が理解できる範疇《はんちゅう》を超えているのだ、とでも思ったようだった。

「好きに解釈すればいい。おまえたちの想像するどのカテゴリーに入れられようと、俺の関知するところではない」

人間の精気を欲しがるのは天使ではなく悪魔のほうがしっくりくる。

悪魔。畏怖を覚える、どこか蠱惑《こわく》的な響きを持つ言葉だ。

この際だから泰幸はもう少しベレトに付き合おうという気になった。贋者《にせもの》ならばそのうち尻尾を出して勝手に逃げていくだろう。

ホンモノなら——案外面白いかもしれない。恐れがさらに遠のく。

「俺の精気をどうやって受け取るつもりだ」

しばらくベレトに付き合うと決めたからには、もっといろいろ確認しておこうと、気易い口調で聞いてみた。

「方法はいろいろある。最も効率がいいのはおまえと交わることだ」

セックスしたいと言われても泰幸は別段たじろがなかった。むしろそれを聞いて、やっぱり人間なんじゃないのかという疑惑を強くする。

「もしかして、俺がゲイだから狙いをつけたのか?」

「それはあまり関係ない」

ベレトは淡々と答える。嘘をついて泰幸を騙《だま》したり煙に巻こうとしているようにはとても見えず、いややはり人間ではないのか、と考え直して混乱した。

あまりにも奇天烈な話で、泰幸はついていけなくなりかけていた。直感的にベレトの話を信じてよさそうだと感じる一方、これはどこかの暇人が仕掛けた手の込んだ悪戯《いたずら》ではないかという疑いが頭の隅に居座っている。なぜ自分がターゲットにされたのかは想像もつかないが、そう考えるのがまっとうで、納得しやすい。

「あんたが人間じゃない証拠、見せてくれないか」

それが一番手っ取り早い気がして泰幸は頼んでみた。

「たとえば？」

「えーっと……そうだな、髪の色を変えてみせてくれるとか」

思いつくまま適当に言うと、ベレトはフッと鼻を鳴らして嘲笑した。くだらなすぎて失望したようだ。

泰幸はムッとして口を尖《とが》らせた。

「いいから、やれよ」

「これでいいか」

漆黒だったベレトの髪が一瞬にして濃い紫色になる。まるでコンピュータグラフィックで色を変えたような感じだった。濃い紫色の次は深緑色、そして黒に赤でメッシュを入れたもの。最後に元の漆黒に戻る。

その間、泰幸は口を開けて変幻自在な髪を凝視していた。

さすがにこれは手品ではないだろう。仕掛けをする暇などなかったはずだし、第一、ベレトの手はステアリングを握ったままだった。

「……あ、あんたを信じてもいい気はするんだけど……」

泰幸は動揺を隠さず、おずおずと言う。

「なにせこういう取り引きを持ちかけられたのは初めてで、即答しづらい。少し時間が欲しいな。考える時間だ」

「いいだろう。甘美で上質な精気を得るためには、無理強いは禁物だ。おまえの合意があってこそ濃く旨みのある精気を吸い上げられる。いくら素材が俺好みでも行き当たりばったりに狩った獲物では十分な供給ができない」

意外にもベレトはあっさりと承知して、泰幸に猶予をくれた。

「三日待とう。その間、俺はおまえの傍にいるが、契約を交わさぬうちは手を出さない」

「驚いたな。ずいぶん寛容なところを見せるじゃないか」

何か別の思惑があるのでは、と勘繰りたくもなったが、

「おまえたちにとっての三日は、俺に与えられた時間に換算すると三十分程度のことだ」

というベレトの言い様を聞くと、溜息しか出なかった。

泰幸の腹はすでに決まっていた。ベレトが確実にホンモノと信じられたら契約する。万一、悪魔になりすました変態だとわかれば、二度と現れるなと追い払う。本当に人外の存在なら取り殺されてしまうのではないかと心配すべきところだが、泰幸はそれならばもうそれでいいと覚悟している。端から見れば、立派な自宅に不労所得や貯金もあって、不自由のない生活を送っている幸運なやつだと思われるかもしれないが、本人はさして現状に執着していない。明日死んだとしても後悔しないだろうと思っている。そのために、ときには美人局のようなばかげたまねまでして、はちゃめちゃに生きているのだ。

ふと、ベレトは案外泰幸のこうした捨て鉢さ加減を気に入ったのではないかと思いつく。ほかには白羽の矢が立てられた理由を考えつけなかった。

「じゃあ、そういうことで」

交渉が成立して肩の力を抜いた泰幸に、ベレトが自信たっぷりに予言する。

「今から七十二時間だ。それまでにおまえは必ず首を縦に振る」

「おい。変なまねをしたら承知しないぞ」

こんなセリフが口を衝く時点で、八割方ベレトを人外の存在と見なしていることになるのだが、残りの二割を埋めるまでは泰幸も引くつもりはなかった。

「変なまね？　嘘偽り、裏切り、策略、それらはすべておまえたちの得意技だ。少なくとも、王族の末席を汚す俺が関わることではない」

ベレトは心外だと言わんばかりに苦々しげな口調で吐き捨てると、それからしばらくの間、唇を引き結び、無言で車を走らせた。

ぽろりと出てきた王族という言葉に、なるほどさもありなんと合点がいく。

プライドの高さといい堂々とした態度といい、傅《かしず》かれ慣れた者にこそふさわしい有り様だ。

ベレトが異界の王族だとすると、なぜ人間界にいるのか。

泰幸の目には二十七、八に見えるベレトだが、異界ではどのくらいの年齢、立場にあたるのか、聞きたいことが次々に出てくる。

「着いたぞ」

淡々とした声をかけられ、泰幸は我に返った。

いつの間にかスポーツクラブの建物の傍に来ており、ベレトはもう何度もここに来ているかのような迷いのなさで、車を地下駐車場に滑り込ませた。

僅かの無駄もない見事なハンドル捌《さば》きでスペースに停め、先に降りていく。

「おいっ。待てよ。ここは会員同伴のビジタージゃないとセキュリティのかかったドアも開けられないんだぞ」

慌てて呼び止めたがベレトは振り向きもせず、大股でエレベータホールに向かう。

泰幸はチッと舌打ちすると、スポーツバッグを摑んで追いかけた。

ベレトはこの世界のルールなど自分には関係ないと証明するかのごとく、会員カードもなしに、セキュリティシステムを解除する手間さえかけず、ごく普通にドアハンドルを押し下げて強化ガラス製のドアを開けた。

泰幸は声も出なかった。

そのまま悠然と中に入っていき、エレベータの前で足を止める。

そこでようやく泰幸の顔を一瞥したベレトの表情は、どうだ、と憎らしいほど得意げだった。

もっとクールで理性的なタイプかと思っていたが、子供じみた虚栄心や競争心などといったふうに、意外と人間に近い感情も持ち合わせているようだ。それなら、理解することも可能かもしれなかった。

エレベータに乗り込み、フロント受付のある一階のボタンを押す。その動作もベレトが泰幸を差し置いて行った。

「この分だと、フロントに行ったらあんたはここの会員としてしっかり認識されているんだろうな。専用のロッカーもあって、そこにウェアやシューズが揃っているんだ」

ベレトは冷ややかなまなざしで泰幸をチラリと見ただけだったが、この推測はまさに現実になった。

「いとも容易いことだ」

穏やかだが迫力のある声で己の力を誇示するベレトに、これはやはり異世界から来た何者かに違いないと、泰幸は早くも認めざるを得なくなりつつあった。

*

ベレトは普通に食事をとることもできるらしい。

「味覚はおまえたちの十倍以上発達している」

そう嘯《うそぶ》いて、ジュウジュウと鉄板の上で焼けているステーキを、ナイフとフォークを使って優雅に切り分ける。

「だとしたら、こういう大衆向けのレストランが出す肉なんか食えたものじゃないだろうな」

泰幸《やすゆき》が意地の悪い言い方をすると、ベレトは視線すら上げずに「べつに」とそっけない返事をした。

「俺にとってはおまえたちのランク分けなど無意味だ。グラム二百円の肉も二千円の肉もたいして差はない。我々の世界にはもっともっと美味いものが山とある」

「上層が厚すぎて、下層の中での些末な違いを云々《うんぬん》する暇はないってか」

「おまえもまんざら馬鹿ではないようだな」

すんなりと肯定する代わりにベレトは涼しげな顔つきで泰幸を皮肉る。先ほどの意趣返しに違いない。負けん気の強さでは張るようだ。

スポーツクラブで三時間あまり汗を流したあと、二人で早めの昼食をとりに来た。

泰幸としては、ベレトに付き合ってもらうつもりはなかったのだが、勝手にまた頭の中を読まれて、助手席に乗れと強固に促されたのだ。

なにが同意なきうちは無理強いしないだ、嘘つきめ、と文句を言ったが、ベレトはどこ吹く風といった面持ちで頓着しなかった。

黒いシャツに黒いスラックス、ベレトは常に黒ずくめだ。スポーツウェアでさえ例に洩《も》れぬ徹底ぶりで、泰幸は思わず失笑してしまった。次はもっと面白みのある色の服を着ろよ、とからかうと、ベレトはあからさまに嫌な顔をした。なんなら、食事をしたあとで買い物に出かけてもいい気分だ。ベレトはきっとなんでも着こなすだろう。長身で均整の取れた美しい体つきをしている。肩幅があって胸板の厚い裸体をロッカールームで見せつけられた泰幸は、感嘆のあまりまじまじと見つめてしまったほどだ。骨格の細い自分とはそもそもタイプが違うと承知していても、羨望を感じずにはいられなかった。赤とか黄緑といった奇抜な色目の服も、ベレトくらい雰囲気のある男なら違和感なく身に着け、自分の魅力を引き立たせられる気がして、ぜひ着用してみせてほしかった。

「そういうのが好きなら、自分で着ればいいだろう」

「俺はだめだ。原色系は似合わない。黄緑なんて難し過ぎる色もだ。俺が着たら漫才師の舞台衣裳みたいになっちまう」

もうすっかりベレトとの会話の仕方にも馴染《なじ》み、頭の中を読まれて急にそれを話題にされても動じなくなった。順応性に富んでいるというより、ベレトとの関係が特殊で、割り切るしかなかっただけの話だ。

「確かにな」

ベレトは遠慮もなしに薄笑いしながら頷《うなず》く。

自分で言っておきながら泰幸はムッとして顰《しか》めっ面になりかけた。

「口元」

「……は？」

「ご飯粒がついている」

えっ、と慌てて手をやる。咄嗟《とっさ》に反応してしまったが、からかわれただけかと思いきや、本当に指先に一粒ついてきた。ばつの悪さに頬が火照《ほて》りだす。

俯《うつむ》きがちになって上目遣いにベレトを見やると、ベレトは付け合わせのサラダを食べていた。人間の食べ物など総じて低級と蔑《さげす》んでおきながらも残さず食べようとするあたりに、育ちのよさというのか、品格が感じられた。

王族ならばきっと何不自由なく過ごしていただろうに、なんでまた……、と納得いかなさが頭を掠《かす》める。

「あんた、こっちの世界に来た目的はなんなんだ？」

聞きたかったことの一つがするっと口から零《こほ》れていた。

迷惑な質問なら知らん顔してやり過ごすだろうと思ったが、ベレトははぐらかさなかった。

「目的などない。父親のメンツを潰してしまって一時追放されただけだ。異界でしばらく頭を冷やしてこいと命じられた」

「あんたの父親というのが王様か」

「そうだ。俺は十五人いる兄弟姉妹のうちの十三番目、王子としては七番目にあたる。今でも優におまえの百倍は生きているが、向こうに戻れば『まだお若い殿下』と称される身だ」

「つまり、ここにはお仕置きされてきたわけか」

もっとべつの理由を漠然と考えていた泰幸は、揶揄《やゆ》めいた顔になるのをとめられず、ベレトに嫌な顔をされた。

「俺の前では偉そうにしているが、要するにあんたもただのヤンチャなんだな」

「おまえと一緒にされたくないな」

「ふん。大きな口を叩いても、実情は俺とたいして変わらないじゃないか」

置かれた立場や育った環境こそ違え、実は似た者同士かもしれない、と泰幸は感じていた。そう思い始めると、にわかにベレトに対する親近感が増した。だからといって、早々にベレトと契約することを承知する気はない。せっかくだからギリギリまで引っ張り、焦《じ》らしてやるつもりだ。ベレトに見透かされていようがかまわない。いったん約束したら、ベレトから反故《ほご》にすることはないはずだ。彼のプライドの高さからしてそれは確信できた。

ファミリーレストランを出たところで、泰幸はもう一度ダメ元でベレトに服をコーディネイトしてやると持ちかけたが、ベレトが苦虫を嚙《か》み潰したような顔をして拒否してきたので、それならもう帰って寝る、と言った。

「たっぷり運動して満腹になったらまた眠気が差してきた」

「おまえは本当に怠け者だな」

「ああ、そうだよ、悪かったな。不満があるなら、さっさと俺を諦めて他を捜せ」

そう言うとベレトは不本意そうにしながらも黙り込む。

悪魔っぽい存在なのに本当に真っ正直で、戯《ざ》れ言《ごと》程度の嘘さえつくのを躊躇《ためら》うんだな、と思った。確かに人間のほうがよほど狡《ずる》くて、悪魔じみているかもしれない。ベレトのいる世界全体がそうなのかどうかはわからない。ベレトが特に不器用なだけのような気がする。

不器用なやつは嫌いではない。

泰幸自身、決して器用なほうではないから、共感しやすい。

マンションの前で車を降りた泰幸は、ふと気まぐれを起こしてベレトに、

「上がっていくか?」

と聞いた。

三日間傍にいると言うからには当然返事はイエスかと思いきや、予想に反して「どうせ寝るんだろう」とあっさり振られてしまった。

「それなら俺が一緒にいても意味がない。俺は俺で数十年ぶりに訪れたこの世界を巡って確かめたい。おまえのことはどこからでも見えている。必要とあらば瞬時に飛んでくるから心配無用だ」

「俺はべつにあんたがいてもいなくても心配なんかしない」

「結構」

ベルトは唇の端を上げて癪《しゃく》な笑みを浮かべてみせると、あっという間に車を走らせて行ってしまった。

絡んできたかと思えば、無関心に突き放され、泰幸は「なんだよ」と悪態をついた。いいように弄《もてあそ》ばれている、まさにそんな感じだ。

腹立たしくて、ベルトのことなど頭から追い払ってしまおうとしたが、かえって気になって苛々した。

知り合ってまだほんの僅かしか経っていないのに、早くも気持ちを摑《つか》まれかけているようで、まずいなと唇を嚙む。そう簡単に堕ちるものかと意地になる。お手軽で御しやすい相手だと侮られるのは泰幸のなけなしの矜持《きょうじ》が許さない。せめて、三日の間は抵抗してやる、とあらためて心に決めた。

一人きりのがらんとした部屋に帰ってきて、しばらくぼんやりソファに座っていた。

寝ると言ったくせに、いざとなると眠くなくなっており、ベッドにいく気がしない。かといってテレビを点《つ》けるでもなく、音楽を聴く気にもならず、手持ち無沙汰だった。

どうせ寝る気にならないのならコーヒーでも淹れるかと思い立ち、腰を上げかける。

すると、狙ったようなタイミングで壁際のコンソールテーブルに置いた携帯電話から軽妙な着信メロディが流れだした。

手に取って発信者を確かめると、日吉《ひよし》だ。

面倒くさい、無視しようか、と咄嗟に思った。出るまでもなく、昨晩のことを謝るために電話してきたのは明らかで、ひたすら煩わしかった。まだ日吉に対する怒りと侮蔑は治まっていない。なんと言い訳されようと許す気はなかったし、二度と付き合う気もなかった。話をしても時間の無駄だ。

それでも結局、通話ボタンを押して電話に出たのは、うやむやにしたままでは日吉はいつまでもしつこく付き纏《まと》ってくるだろうと憂慮したからだ。根性なしで調子がいいだけのつまらない男だが、見栄っ張りですぐ頭に血を上らせ、自分より弱い相手には暴力を振るう癖がある。泰幸と一緒にいる理由の一つには金を比較的自由にできるというメリットがあるからで、さんざん味をしめてきた身としては、そうやすやすと別れるつもりはないだろう。泰幸に新しい男ができたと知れば、激昂《げっこう》して何をしでかすかわからない。

「もしもし？」

のっけから冷ややかな、とりつく島のない声音で応じる。

一瞬、電話の向こうで日吉がウッと詰まったような気配があった。予想以上に泰幸が機嫌を損ねていると知り、どう切り出して宥《なだ》めるべきかと逡巡《しゅんじゅん》したらしい。

『あ、ああ、俺だ、俺。おまえ、無事だったか。どこも怪我してないだろうな？』

「かすり傷一つ負ってないけど、それがどうした」

おまえの知ったことじゃないだろうと言ってやると、日吉は再び喉《のど》の奥で奇妙な音をさせ、次の言葉を必死に探しているようなのが伝わってきた。

そこからしどろもどろの弁解が始まったが、泰幸は相槌《あいづち》も打たずに聞き流しつつ、キッチンに立ってコーヒーを淹れる準備をしていた。

『……で、だから、あのときは本当に腹の具合が悪かった。一秒を争う事態だったんだ。それで、トイレに駆け込んで用を足してから急いで戻ってみたんだが、そのときもうそこには誰もいなくて、焦った俺は……』

電気ケトルで沸かした湯を、ドリップパックにセットした粉の上から落とすときには、携帯電話を耳にすら当てていなかった。

『なぁ、おい、なんとか言えよ。聞いてるのか？』

「聞いてるよ」

スピーカーから洩れる声に向かって冷ややかに答えると、ホッとしたのか、さらに日吉はぐだぐだと喋りだした。

『……それで、今、おまえのマンションの近くまで来ているんだ。直接謝りたくてさ。でももうこれで許してくれただろう？　機嫌、直ったよな？　それでも取りあえず顔を見せてくれ。

そして、今夜は二人でゆっくり過ごそうぜ。俺がたっぷり慰めてやるよ。文句もいっぱい聞いてやるから』

泰幸は再び携帯電話を手に取ると、

「悪いがもうおまえとは無理だ。じゃあな」

と早口に告げるなり、さっさと通話を切った。

すぐにまた着信メロディが鳴り始めたが、今度は無視して出ず、いったん途切れた隙に番号を着信拒否にした。これでもうかかってこないはずだ。

マンションの近くにいると言っていたのですぐに訪ねてくるだろうが、このマンションは一階にコンシェルジュと警備室が設けられた、セキュリティ機能の高い物件のため、何度もしつこくインターホンを鳴らしていれば不審者と見なされて警戒される。小心者の日吉には、せいぜい一度鳴らしてみるのが精一杯だろう。

案の定、コーヒーを飲んでいると、インターホンが鳴った。電話が繋《つな》がらないと悟ってから恐る恐るマンション前まで来たようで、モニターに映った表情は冴えないものだった。帰る道すがらにはきっと怒りを湧かせ、泰幸への呪詛を胸の内で吐き続けることだろうが、今の段階では、しくじったという後悔と、どうにかしなければという焦りで、必死になっているように見えた。

インターホンに応答がないとわかると、日吉はこの場は退くしかないと悟ったらしい。

これで片がつくとは楽観できなかったが、今日のところは諦めて、ほとぼりが冷めるまでしばらく待つだろう。次に何か言ってきたら、そのときまた対処するしかない。あまりしつこければ警察に……と考えかけて、もっと簡単な方法があることに気がつく。

泰幸がベレトを受け入れて契約を結びさえすれば、ベレトは精気と引き換えに泰幸の望みを叶えてくれるのだ。そうなると、泰幸は、日吉を遠ざけてくれ、とベレトに頼むだけでいい。あとはベレトが人智の及ばぬ力でどうにかするだろう。

この期に及んで泰幸はベレトの存在を疑ってはいなかった。

たぶん、ベレトにももうそれはわかっているに違いない。だから、彼は余裕綽《しゃく》々《しゃく》として人間界見物になど出かけたのだ。己に自信があるからこそだ。

悔しかったが自分の気持ちはごまかせない。

泰幸は会って間もないにもかかわらず、もうベレトに惹かれかけている。

あれは不可思議な存在なのだから、魅了されたとしても無理からぬことではないか。彼の漆黒の瞳には人を惑わす力が宿っているのかもしれない。コーヒーを飲みながら自分自身に言い訳する。

泰幸の思考を邪魔するように、またもや携帯電話に着信があった。

今度は未登録の番号からだ。メロディが違うので液晶画面を見ずともわかる。

公衆電話からなら日吉の可能性があったが、そんなわけでもなく、相手も携帯電話からかけてきていた。

ベレトだろうか。彼ならなんでもありだとさんざん見せつけられていただけに、その可能性を否定しきれなかった。

「はい」

相手が誰かわからないため、硬く作った声で応答する。

『すみません、そちら、裄丈《ゆきたけ》さんの携帯電話ですか』

ざらざらとした印象の声で訊ねられ、泰幸はセールスか、とがっかりした。聞き覚えのない男の声だった。

「そうですけど、そちらは?」

セールスならお断りだと、いっきに口調を尖らせる。出たことを後悔し、すぐにでも切りたかった。

『やっぱり、おまえは俺を覚えてないのか』

「え?」

突然予期せぬ言葉に耳朶《じだ》を打たれ、泰幸は訝《いぶか》しげな声を出す。

「って、あんた、誰？」

記憶をあれこれ手繰り寄せてみても、こんな声の主には辿り着けず、首を捻《ひね》るしかない。

男はブツッとそのまま電話を切った。

泰幸は啞然として携帯電話を凝視する。

誰だ、いったい。なんのつもりでこんな中途半端な連絡の取り方をする。相手の真意がまったく見えないため不気味だった。

「なんなんだ、いったい」

今日は厄日か、と舌打ちし、覚束ない手つきで髪を掻き上げ、苛立ちのあまりそのままぐしゃぐしゃにしてしまう。

「ああ、もう！　むしゃくしゃする！」

ケチのつき始めは変な時間に目が覚めたことだ。おまけに朝一番でスポーツクラブに行って健康的な汗を流すなど、柄にもないまねをした。

いざというとき話ができる友人の一人もいなければ、愚痴をこぼせる家族もいない。

父親はいないも同然の存在で、記憶にある限り直接言葉を交わした覚えもない。立場上、無理からぬこととはいえ、幼心に傷ついたり寂しかったりしたものだ。母親が亡くなってからはいっそう疎遠になり、今では泰幸がどこで何をしていようと関知せずといった態度を貫かれている。下っ端秘書のご機嫌伺いすらなくなって、そのことを思い知らされた。

たとえ悪魔に捕まって地獄の道連れにされたとしても、誰も悲しむものはいないし、気にかけるものすらいないだろう。

むしろ、今、自分を必要としてくれているのは、あの美貌の悪魔だけだ。

迷う必要など最初からなかった。なのにもったいつけたのは、すぐに頷くのが惜しかったから、というだけの話である。

誰かに自分を欲しがらせたい。誰でもいいわけではない。泰幸自身もまた夢中になれる相手でなければ気持ちが昂《たかぶ》らず、意味がない。スリルを味わうこと以上に今の泰幸を熱くさせるのは、己の意に適《かな》った相手との小気味よいやりとりだけだという気がする。

明日になったら……いや、もしベレトが今夜もう一度現れてくれたなら、そのときさっさと返事をしてもいい。三日待たせたところで結果は同じだと、泰幸が一番わかっていた。

次にベレトと顔を合わせたとき。

泰幸が躊躇いを押しのけて決意を固めたそのとき、いきなり部屋に音楽が流れだした。

驚いて、持っていたコーヒーカップを滑り落としそうになる。寸前で押さえたものの、カップが手の中で大きく揺れて、黒いコーヒーが天然大理石張りの床に少し零れた。

「な、なんで……？」

オーディオシステムに勝手に電源が入り、何もセットされていなかったはずのターンテーブルの上で、気がつくとレコードが回っている。レコードは母親の道楽の一つで、泰幸もひととおりどんな盤があるのか見てはいたが、ほとんどがジャズだった。

今、重厚かつ華やかな音を奏でているのは、紛れもなくクラシック音楽、交響曲だ。どこかで聴いたことのある旋律が出てきたので有名な作品だと思うが、泰幸はそちら方面はさっぱりなので、作曲家も曲名もわからない。

「この期に及んでそんなに驚かなくてもよさそうなものだが」

背後からベレトの声がする。

はっとして振り返ると、三つ揃いのスーツはもとより、シャツからネクタイに至るまですべて黒で粋に決めたベレトが、壁に背中を預けて立っている。

どこから入ってきた、などと聞いたところで返事は決まり切っている。ベレトには壁もドアも鍵もなんの意味もなさないシロモノなのだ。

そして、なぜ今ベレトが突然泰幸の前に現れたのかも、聞くまでもなかった。

「渋っていたわりには、決意は早かったな」

予想に違わずベレトは勝ち誇った調子で言ってのけ、ゆったりとした足取りで歩み寄ってくる。真新しい革靴の踵《かかと》を床で鳴らされ、靴を履いたままであることに気がついたが、文句を言える雰囲気ではなかった。

泰幸はベレトの醸し出す畏怖に満ちた高貴な雰囲気に、完全に呑まれてしまっていた。

「だが、俺はきっとおまえは今晩中にも俺のものになるだろうと踏んでいた」

傲岸《ごうがん》不遜《ふそん》な物言いが癪に障ってたまらなかったが、泰幸にできたのは、ソファの傍まで近づいてきて足を止めたベレトを睨《にら》み上げることだけだった。

「その強気な瞳がいい」

切れ長の目をすっと細めてベレトが満足そうに言う。

「うんといやらしいことをして、とことん泣かせてやりたくなる」

「し、しないと言ったくせに。無理やりはなしだと……」

「無理やりではない」

ベレトはひどく愉しげに、どこか意地の悪い笑みを浮かべた。

「もちろんおまえも合意の上だ。もっとしてとねだらせて、焦らしに焦らしてやってから、欲しいものをくれてやる」

言葉だけで達《い》かされてしまいそうなほど強烈な色香に惑わされ、泰幸は眩暈《めまい》がしそうだった。

額の生え際やうなじがほのかに汗ばんできている。ベレトに見つめられるだけで、下腹部が疼《うず》き、血を集め、張り詰めかけていた。

「契約すると言葉で告げろ、泰幸」

「……契約、する」

まるで人形になったような心地だった。

それでも、自分の舌と口が綴《つづ》った誓いは紛れもなく己の意思から出たもので、強制的に言わされたものでないことははっきりしていた。

ベレトが膝を折って泰幸の足元に屈《かが》み込む。

泰幸はソファに座ったまま呆然とベレトに視線を向け続けた。

ベレトの長くしなやかな指が、泰幸の左手を摑み取る。

固く握り締められ、あっと思ったときには、手の甲に口づけを受けていた。

想像よりも温かく柔らかな唇にトクンと胸が震える。

「この契約は、いつまで……？」

「どちらかが死ぬときまでだ」

誓いの口づけを終えて立ち上がったベレトは、真摯《しんし》な目をして答えた。

「あんたも死ぬのか」

「もちろんいつかは死ぬ。今この異界の地にあって大量に血を流せば、死期が早まる」

「俺には想像がつかない。千年も万年も生きるやつが死ぬなんて」

「俺がおまえより先に死なないという保証はどこにもない。どこの世界においても生とは本来そういうものだ」

ベレトは冷めた口振りで切って捨てるように言う。

形ばかりに頷きながらも、泰幸は死ぬなら絶対自分のほうが先だと頑《かたく》なに考えていた。むしろそのほうがいい。自分以外の誰かの死を見るのは気分のいいものではない。母親を看取ったとき、もう二度と近しい人間を亡くしたくないと思った。

気がつくと、交響曲は鳴りやんでいた。

「サガン」

誰かを呼ぶベレトの声が静かに響き渡るのを聞いて、ようやく気がつくていたらくだ。

『はい、ここに』

頭の中に直接話しかけられたかのように、サガンと呼ばれた何者かの声を知覚する。澄んだ綺麗な声だった。恭《うやうや》しく畏《かしこ》まってはいるが、どこか才気走った感があり、従者とはいえ一筋縄ではいきそうにない気がした。

バサッ、と見たこともない巨大な翼が羽ばたくイメージが一瞬脳裡を過《よ》ぎった。黒く艶やかな翼だ。

幻想を目にしたことに虚を衝かれ、何度か瞬きをした。

その僅かな隙を突いて、ベレトの後方に腰まである黒髪を一纏めにした青年が現れ、跪《ひざまず》いていた。白皙《はくせき》の美貌をした雅やかな雰囲気の、はっとするほど綺麗な青年だ。表情は硬く、愛想がいいとか素直そうであるといった感じは受けないが、ベレトに忠実であることは察せられた。泰幸のことは気に入っていないのが取り澄ました横顔から伝わってきて、個人的には好感を持ちづらかった。

「この男はサガン。追放処分を受けた俺に唯一ついてきてくれた従者だ」

従者と一言で片づけるにはサガンもまた存在感のある男だった。泰幸のあまり豊かでない認識でもってしても、王族に仕える従者は、従者自身が貴族の出である場合が多いように思う。おそらくこのサガンも名のある貴族の子弟か何かなのだろう。いかにも気位が高そうで、ベレトと向き合うとき以上に緊張する。

「サガン、泰幸に挨拶《あいさつ》しろ」

ベレトに促されたサガンは、「はっ」と畏まって一礼し、優雅な身のこなしで立ち上がる。

泰幸もソファから腰を上げ、サガンと向き合った。

「初めまして」

慇懃《いんぎん》無礼という言葉がしっくりとくる挨拶の仕方だと泰幸は感じ、気分が悪かった。

まるで小姑みたいだな、こいつ、と敵意が頭を擡《もた》げる。いびられても唇を嚙み締めてこらえていられるほど泰幸は我慢強くない。やられたらやり返さねば気がすまないほうだ。

「あんたは背中に翼があるんだな。さっきチラッと見えたよ」

どんな言葉をかければ効果的なのか見当もついていなかったが、それがあまりにも印象深くて頭に焼きついていたため、言ってみた。

「え……？」

それまで泰幸のことなど眼中にないとばかりに無関心そのものだったサガンが、大きく目を見開く。

どういうわけか、ベレトも驚きを隠さずにいた。

「見えたのか、おまえ」

「あ、ああ、本当に瞬きを一回する間のことだけど」

「普通、人間には見えないはずのものだ」

ベレトに鋭い視線を浴びせられ、探るように見据えられ、泰幸は禁忌を犯して責められている心地になった。

「でも、俺には見えた。カラスの濡れ羽色ってよく言うだろう、あれがそうなんだと思った。びっくりするほど大きかった」

泰幸はムキになって並べ立てた。

「信じられない。何者ですか、この者は」

サガンは微かに恐れをなしたかのごとくベレトに問うような視線を向ける。

「さぁな。案外遠い過去に我々と縁のあった者の子孫かもしれぬ」

「我々の血が混じっていると……？　そのような記録はないはずですが」

「俺に聞くな。博識で知られたおまえより俺のほうが知っていることなどあるものか」

ごちゃごちゃとやりとりする二人に、気の短い泰幸は不服を感じ、割って入る。

「なんだか知らないけど見えたものは見えたんだ。あんた意地が悪そうだから褒めるのもいやだけど、見事な翼だった気がしたよ」

「見事……？　あなた、それはベレト様の翼をご存じないから、そんなたいそうな表現をなさるのです」

サガンが恋敵でも睨みつけるような目つきで泰幸を見て、説教するように言う。

ベレトの翼のことを、サガンは自分のことのように誇らしげに表現する。

「大きさはもちろんのこと、形の立派さ、骨組みの逞しさ、翼を構成するすべての要素を鑑《かんが》みたとき、ベレト様に勝る翼を有する御方は陛下のほかにはおられません」

「だ、だから、なんだよ」

サガンの熱っぽさにたじたじとなりながら、泰幸はちらちらとベレトを横目で見る。

ベレトは他人事のような顔をしてそっぽを向いている。もしかすると、自分のことを話題にされて面映《おもは》ゆいのかもしれない。

「我々にとって翼の大きさ、美しさは大変重要なもの。能力の大きさを示し、セックスアピールに一役も二役も買うのです」

まるで鳥のようだ、と咄嗟に思ったが、サガンの目が怖かったので言葉にはしなかった。頭の中を読まれるのと実際に口に出すのとでは、やはり受ける側の印象も変わるだろう。

「もうそのへんにしておけ、サガン」

照れる、とベレトが低く呟《つぶや》いたのが泰幸の耳にも届いた。自信過剰なくらい態度の大きな男の口から思いもよらないセリフを聞いて、泰幸はおかしさと同時になんだかベレトを可愛く感じて、そっと微笑んだ。

「おまえはもういい。下がれ」

「畏まりました」

現れたとき同様、いなくなるときも唐突で、サガンの姿はあっという間に掻き消えていた。

広々としたリビングに再びベレトと二人になっていて、急に気恥ずかしさが込み上げた。

「あいつは俺のことを気に入っていないようだけど」

なんでもいいから喋らないと間が保たない気がして、泰幸は言った。

「サガンは誰に対してもああいう態度だし、物言いをするやつだ。そのうち慣れれば気にならなくなる」

そうだろうか。泰幸は納得いかなそうに曖昧に首を振り、続けて声を潜めて聞いた。

「あんた、今夜……俺とする？」

「ああ」

ベレトは囁《ささや》くような声でああと答えただけなのに、泰幸は全身を雷に打たれたように震えさせ、あえかな息をついた。

「じゃあ、翼、見せてよ」

「それが精気と引き替えの望みか」

泰幸は熱に浮かされた心地で微かに頷いた。

「一つじゃなくてもいいんなら、まず最初はそれがいい」

そうは言っても今のところ泰幸にはこれ以外の望みなど思いつけないのだが、とりあえず欲張ってみせた。

「むろん、望みはいくつでもいい。最大、俺がおまえを抱いた回数と同じだけ叶えてやろう」

ベレトが対等な取り引きをしようとしていることに泰幸は感心した。嘘や欺瞞《ぎまん》は人間の為すことだと言い放つだけはある。

「翼を見せるのはかまわないが、おまえにはっきりと見えるのかどうかは保証できない」

「サガンのときみたいに一瞬でもいい。試すだけでいいからさ」

勝手にしろ、とベレトは肩を竦《すく》める。

ベレトの色香にあてられたせいか、膝《ひざ》がカクンと折れかけた。

「何をしている」

すかさずベレトに腰を抱かれ、支えられる。

「馬鹿。あんたのせいだろ」

「黙れ」

そのまま貪《むさぼ》るように唇を塞《ふさ》がれた。

強く吸われ、頭の芯がクラッと揺らぐ。

ああ、まただ、この感じ……。

昨晩記憶を失うときも今と同じ状況だったことを突然思い出す。

だが、今度は忘れない。忘れるものか、と意地を張る。

意識が遠のきかけるのに必死で抗《あらが》った。

それでも抵抗虚しく、やがて目の前が暗くなり、闇に閉ざされる。

次に目を覚ましたとき泰幸は二階の寝室にいて、ベッドの上で裸にされており、ベレトの腹の下に組み敷かれていた。

＊

ずっしりとした重みを受け、身動《みじろ》ぎもままならない状態でシーツに押さえつけられた泰幸は、間近から自分を見下ろすベレトのまなざしに、トクリと心臓を跳ねさせた。

酷薄そうな鋭い目つきなのは普段と変わらないが、黒々とした瞳には情が籠もっているのが感じとれ、見つめるうちに胸が熱くなってきた。

泰幸にのし掛かっているベレトもまた裸だ。

逞しい筋肉に覆われた胸板に視線をやって、泰幸は感嘆の溜息をつく。スポーツクラブのロッカールームでも目の隅に入れていたが、直接触れると見た目以上に弾力があって硬い。贅肉のかけらもなく引き締まった腹部の割れ具合といい、人間ならよほど鍛錬しなければ保てない立派さだ。泰幸のように骨格が細くて肉付きも薄い身からすると、その差は圧倒的だった。

ベレトに不思議な力を見せつけられるたび、こいつは人間ではないのだと思い知らされるが、こうして肌を合わせていると自分となんら変わらない存在に思えてくる。

瑞々《みずみず》しく張りのある肌は滑らかで、ちゃんと温かい。心臓の鼓動も確かめられるし、剥《む》き出しになった股間には芯を作りかけた陰茎が下がっている。

「まだ何もしてないんだろうな?」

どのくらい意識をなくしていたのか定かでなくて、泰幸はベレトに確かめた。

「ああ。そんな不粋なまねはしない」

ベレトは艶然と微笑み、揶揄するようなまなざしを向けてくる。

「意識のない者にあれこれしてもつまらないからな」

いかにも余裕たっぷりで、自信に満ちている。

泰幸はベレトに欲情した目で見据えられるだけで淫らな気分になってきた。

体温が上がって動悸がし始め、呼吸が乱れがちになる。

ベレトは泰幸をさらに煽《あお》るように、ぐっと腰を押しつけた。開かされた内股の間にベレトの片脚を挟む格好で、性器同士が擦れ合う。

「ふ、あっ……!　や、いやだ、あぁっ」

圧迫され、腰を回して刺激されるうち、性感がどんどん高まり、みるみるうちに泰幸の陰茎も嵩《かさ》を増して硬くなる。もともと感じやすい質で、ひとたまりもなかった。

「思ったとおり、おまえはずいぶんと淫乱なようだ」

「あ、あんただって、最初からやる気満々に勃《た》たせてたじゃないか!」

羞恥から、せめてもの抵抗に言い返す。

ベレトはついと眉《まゆ》を上げ、だからなんだ、と一蹴する。

「おまえを抱くためにこうしているのだから当然の反応だ。それに、おまえは勘違いしているようだが、俺はおまえを責めたわけではなく、賞賛したんだ。感じているのを隠そうとしたり、恥ずかしがったりする必要はない」

「あんな言い方したら、からかわれていると思うだろ」

「それはべつに否定しない」

ふざけているのか、率直なだけなのか、泰幸はベレトに弄ばれている気がして不服だった。

だが、この体勢では自分が優位に立つのは難しく、もう文句は聞かないとばかりに口を塞がれると、触れ合う唇の気持ちよさに艶めかしく喘《あえ》ぐしかなくなる。

湿った粘膜を接合させて唇をまさぐられ、舌先で隙間をこじ開けられる。

活きのいい舌が口の中にするりと滑り込んできて、頬の内側や口蓋を舐《な》め回す。

「ンンッ……アッ」

ベレトの体は人間と変わらないと思っていたが、どうやらそれは、変わらないようにもできる、ということらしい。

泰幸の口腔を蹂躙《じゅうりん》するベレトの舌は最初厚みがあって弾力的だったが、しばらく荒々しく動き回って泰幸を翻弄《ほんろう》したかと思いきや、いつの間にか平たく長い形状に変わっていた。それで狭いところや奥の方までくまなく擽《くすぐ》ったり突いたりされる。繊細に、じっくりと責められて、泰幸はさんざん喘がされた。だが、それでもまだ終わりではなかった。ひらりと閃《ひらめ》いた肉薄の舌が泰幸の舌を搦《から》め捕《と》る。次の瞬間には表面にざらざらした突起を生やしていて、今までにない淫靡《いんび》な刺激を味わわされていた。

「はあぁ、あっ、あ……んっ」

官能を擽られてビクビクと体が震え、鳥肌が立つ。きつく吸われた舌は痺れるようだった。キスだけで頭の芯が酩酊したようになってきて、体に力が入らなくなる。

飲み込み損ねた唾液が唇の端からつうっと滴り落ちる。ベレトはそれをも舌で掬《すく》って舐め取ると、代わりに自分の唾液を泰幸の喉に送り込んで嚥下《えんか》させた。濃厚すぎる行為に眩暈がしそうになる。

「俺の体液はおまえにさまざまな効果をもたらす。癒しもすれば煽りもする」

首筋に息を吹きかけつつ囁かれ、泰幸は咄嗟にまさかと思った。しかし、ベレトが嘘や冗談を言うとは考えられず、疑う理由はなかった。

だからこんなに体が熱っぽく、僅かな刺激にも顕著な反応をするのかと腑《ふ》に落ちる一方、そのうち感じすぎてどうにかなってしまうのではないかという不安にも襲われた。

「こんなやり方、狡い」

「なにが狡い。せいぜい感じさせてやろうというのに、不満があるのか」

ベレトはムッとした顔つきになって泰幸を睨《ね》めつける。

不届きな発言を罰するように耳朶に歯を立ててきた。

「アアッ」

やんわりと甘噛みされただけで、電気で打たれたような痺れがそこから爪先まで走り、泰幸は体を突っ張らせて悶《もだ》えた。

「いい声だ。ゾクゾクする」

鋭く尖った犬歯で再度軽く噛まれ、泰幸はさらに艶めかしい声を立て続けに上げた。

噛むだけでは飽き足らず、ベレトは耳殻を舐め回し、外耳道の奥まで尖らせた舌を差し入れて淫らな愛撫を施す。

今まではせいぜい耳朶に触れられる程度しかされたことがなかった泰幸は、耳がこれほど感じる部位だとは知らなかった。

「おまえの弱いところを、これから徐々に徹底して見つけ出してやる」

「嫌だ、やめろ！」

「やめるわけないだろう。ばかめ」

泰幸を詰《なじ》る声にも色香が満ちていて、うなじや背中を粟立《あわだ》たせる。

「俺は昂りきったおまえの放つ、爛熟した精気が欲しいんだ」

ベレトは舌の先でチラッと唇を一舐めして、飢えを感じさせる獰猛なまなざしで泰幸を見据えた。シーツに縫い止められ、体重をかけて押さえ込まれた泰幸は、いっさいの抵抗を封じられた獲物も同然だった。

ベレトに見つめられると瞬き一つするのも憚《はばか》られる。見えない力で雁字搦《がんじがら》めにされ、ベレトの意思に従ってしか動けなくされているようだ。

「感じて乱れろ。どうせおまえには張り通すだけの矜持も見栄もないだろう。俺の腹の下でなり振りかまわずめちゃくちゃになればいいんだ」

何も考えるな、と頭の中に直接誘惑の言葉が吹き込まれる。

わざわざ言われるまでもなく、すでに泰幸は情動に流されかけていた。

ベレトの熱と重みを感じるだけで欲情を煽られ、動悸が激しくなる。

肌はしっとりと汗ばんできていて、ベレトと重なり合うと互いの皮膚が吸いつくように密着する。さらさらに乾いた肌同士が触れるときとは違う淫猥さに性感が高まった。

自分の体液は媚薬だと嘯くベレトが放つ言葉は、これまた何かの秘儀か麻薬のようだった。

高飛車な物言いもひそやかな囁きも、耳に入れた端から脳髄に染み込み、理性をぐずぐずに蕩《とろ》けさせてしまう。

そうして二重三重に縛りつけられた上で体中余すところなく手や口を這《は》わされると、甘美な拷問を受けているようだった。

耳の中まで舌を捻り込んで濡らし、こんなところでも感じるのだと泰幸に教えたベレトは、喉仏でしばらく遊び、続いて鎖骨の窪みから腋へと少しずつ的を変えながら体を下にずらしていく。

丹念な愛撫を受けて昂揚しきった体は、指先を滑らされただけでも敏感に快感を拾い集め、ますます熱くなる。

ただでさえ感じやすい乳首は、硬く凝って膨らみ、誘うように色味を濃くしていた。自分の指で触って確かめるだけでも妖しい感覚が生まれ、あえかな息をつきそうになるほど敏感になっている。

その突起をベレトに唇で挟まれると、泰幸は「ひうっ」と悲鳴じみた嬌声を上げ、顎を大きく仰け反らせた。柔らかく温かな粘膜で擦るように揉まれ、細くした舌先で弾いたり擽ったりして嬲《なぶ》られる。ジンとした猥《みだ》りがわしい刺激に襲われて、我慢できずに喘ぎ続けた。

「だめ、だめだ、ああっ！」

感じすぎておかしくなりそうだった。

左右の乳首を代わる代わる口に含まれ、もっと大きくしてみせろとばかりに舌で転がされ、押し潰したり、噛んで引っ張り上げられたりする。噛み方も優しいばかりではなく、ときどき「痛い!」と叫ぶほどきつくされもした。硬く瞑《つぶ》った目の際から涙が零れても、ベレトは容赦しない。火照った頬を撫で、キスをくれてその場は泰幸を宥めるのだが、乳首を虐《いじ》めるのをやめはしなかった。

充血して腫れ上がった乳首をねっとりとしゃぶられ、音をさせて吸い上げる。

「ヒッ、ヒィィッ、やめて……っ、もう、やめて!」

泰幸はとうとう恥も外聞もなく啜《すす》り泣きしはじめた。

激しく首を振り、髪をシーツに散らばらせて哀願する。

痛いだけならまだ怺《こら》えられたと思うのだが、悶えて身をくねらせずにはいられないビリビリとした快感をどうにもやり過ごせず、それがたまらなかった。

ベレトは泰幸が乱れれば乱れるほど満足そうに目を細める。

「慣らせばもっと感じるようになる。ここを弄っただけで達かせてやることもできそうだな。楽しみだ」

息を荒げて薄い胸板を上下させる泰幸を見下ろし、ベレトはそう言って唇の端を小気味よさげに上げる。

冗談じゃない、と泰幸は目を瞠り、髪に触れようと伸ばされてきたベレトの腕を払いのけた。

「……ふざけるな……」

もっと強く突っぱねたかったが、喘ぎっぱなしだったせいでうまく声が出ず、震えるような頼りないものになった。

「心配しなくても、今におまえのほうからもっとしてくれとねだるようになる」

ベレトは自信満々だ。

「俺と寝れば寝るほどおまえは俺との行為にやみつきになる。もともと淫乱な体だが、ますます欲深になって、俺以外の相手では満足できなくなる」

「勝手に決めつけるな」

泰幸は目を怒らせてベレトを睨んだ。そう簡単に言いなりになってたまるかと意地が出る。逆らったところで敵《かな》う相手ではないと承知でも、なんでもかんでも受け入れるつもりはない。

契約の条件はあくまでもフィフティ・フィフティのはずだ。

「素直じゃないところもおまえを気に入った所以《ゆえん》だ。征服しがいがあっていい」

ベレトは余裕の態度を崩さない。

泰幸の呼吸が治まったのを見計らい、太股を割り開かせて足の間に座り込む形で腰を入れてきた。

男に抱かれるのはそこそこ慣れているとはいえ、完全に勃起したベレトの股間の屹立《きつりつ》は堂々とした体軀に見合った長大さで、泰幸は思わずコクリと喉を鳴らしていた。

どうにか受け入れることはできたとしても、動かされたら内側から壊されてしまうのではないか。初めてのときよりもよほど不安を感じておののく。

「壊しなどするものか」

口に出すより先に、また泰幸の思考を読んで、ベレトが切って捨てるような調子で言う。

半信半疑ではあったが、どのみち泰幸には拒絶はできない。契約を交わした以上、途中で逃げるような醜態は晒せない。ベレトに侮蔑されるのは嫌だ。

精気を分け与えさえすれば、引き換えに実現可能な範囲で望みを叶えてやるとベレトは約束した。泰幸はそれが本当かどうか確かめたかった。ちょうどいい暇潰しになりそうだし、傍にいればなにかとメリットはありそうな気がする。

泰幸はベレトに並々ならぬ関心を持っており、彼という不可思議な存在についてもっと知りたい欲求が高まっていた。実はベレトに付き合う一番の理由、目当ては、それかもしれない。

「ちゃんと拡げて、柔らかくなるまで解《ほぐ》してから挿《い》れてやる」

膝で曲げて立てさせられた足をさらに大きく開かされ、泰幸は羞恥を覚えて顔を横に倒した。

大股開きで股間をさらけ出している。あさましく勃った性器を品定めするかのごとく観察する視線を痛いほどに感じ、じわじわと頬が火照ってくる。見るな、馬鹿、と心の中で悪態をつき、唇を噛み締めた。乳首を弄り回されて啜り泣きしつつ、陰茎を硬く張り詰めさせて、先走りの淫液まで滴らせている。どんな言い訳をしても失笑を買うだけの有り様で、きまりが悪すぎた。

「い、いつまでも見てないで……さっさとしろよ……！」

怒った声で急かす。

「まだだ」

ベレトは意地悪く返すと、やおら屹立を握り込み、硬さと形を検分するように指を辿らせ、先端から根元までくまなく触れてきた。陰嚢《いんのう》も手のひらで持ち上げて包み込み、揉みしだく。

最初は優しげだった指遣いが次第に勢いを増してきて、陰茎を巧みに愛撫して泰幸を追い上げはじめた。

「あ、あっ、ああぁっ」

竿《さお》全体を荒々しく上下に擦られ、べたつく淫液で濡れた先端を指の腹で撫で回され、隘路《あいろ》をそっとくじられる。

「うう……！　いやだ、やめろっ」

括《くび》れと裏筋は特に感じやすくて弱い部分だ。ベレトは心得た様子でそこをしつこく責める。

泰幸は下腹部から迫《せ》り上がってくる悦楽の波に襲われるたび、腰をぐうっと持ち上げ、嬌声を放って泣いた。

いきたいが、ベレトは寸前ではぐらかし、いかせてくれない。根元を指で作った輪で絞り、泰幸を苦しめる。

「アア、アッ」

何回となく上り詰めさせられては引き戻される非情な仕打ちを繰り返され、泰幸の全身は桜色に染まって汗まみれになっていた。頭を振りたくって乱れた髪が額に張りつき、頰に打ちかかる。

ベレトはもう何度目かの頂点を泰幸に目指させ、汗と先走りでグチュグチュに濡れそぼった陰茎を扱《しご》き立てつつ、上体を屈めてきた。空いている手で髪を顔から払いのけ、指に絡めて愛撫する。

「泣き顔もそそるな」

薄笑いしながら吐いたのは、そんな癪に障るセリフだったが、すでに泰幸は怒る余裕をなくしていた。

「あぁぁ、もう、だめ。も……っ、イク、イクッ」

惑乱するような淫らな快感が泰幸に我を忘れて叫ばせる。

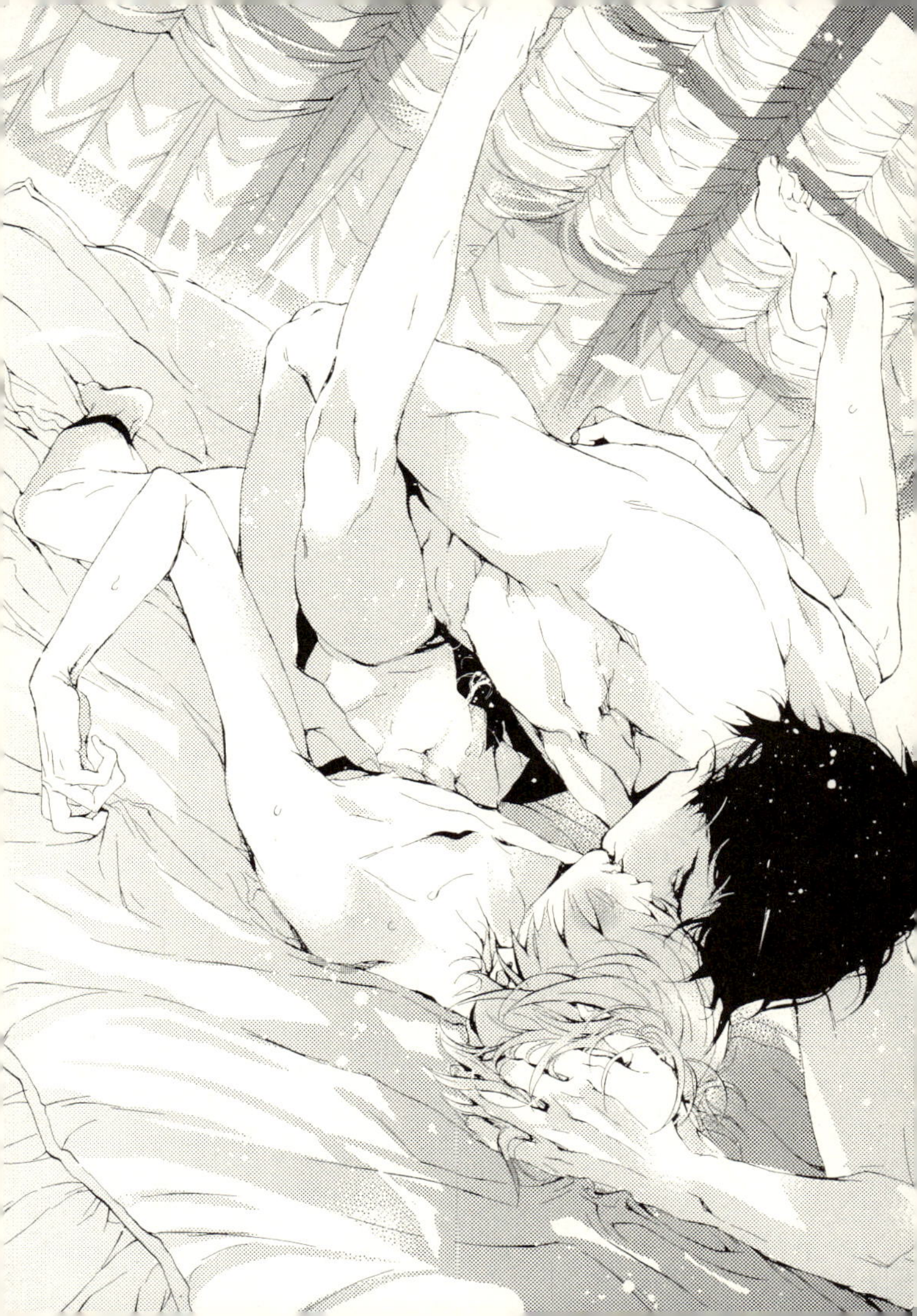

「いかせてくれっ、頼む！」

出したくて、出したくて、どうにかなってしまいそうだった。嵐のように襲ってくる快感に翻弄され、体が吹き飛びそうに苦しい。短距離走を何本も立て続けにさせられているのに近い消耗の仕方をしていた。

それでもベレトは泰幸を解放しようとしない。

身を捩《よじ》り、上体をのたうたせ、荒げた呼吸に忙しなく上下する胸板を天井に突き出すようにして悦楽に耐える。

「頼む、ベレト。お願いだから」

泰幸は切羽詰まって訴えた。

「まだだ」

ベレトからの返事は変わらず、囁く声音は甘いが言葉自体は容赦ない。

「イクのは俺のをちゃんとこの奥に受け入れてからだ」

ここ、と言うときベレトは泰幸の引き締まった尻を膝でグイと押した。

それまで焦らされるのかと思うと、泰幸は青ざめた。無理だ、とゆるゆる首を振る。だが、ベレトは取り合おうとしなかった。

「……っ、ベレト！」

なり振りかまっていられない心境で、泰幸はベレトの首に腕を回して縋《すが》りついた。

「先に、一度でいいからいかせてくれ。そしたら、いくらでも突っ込ませてやるから」

「だめだ。何度も言わせるな」

濃厚で上質な精気を得るためには、ギリギリまで昂揚させた挙げ句に極める瞬間を狙わねばならず、泰幸を簡単に解放するわけにはいかないらしい。

正直なところ泰幸はここまで激しいセックスを強いられるとは思っていなかった。これが毎晩だとすれば死ぬかもしれない。本気で青ざめる。

「はっ、あ、あぁ……あっ」

ベレトの手は間断なく爆発寸前の陰茎を弄り回し、泰幸をひっきりなしに喘がせ、胴震いさせる。いきそうになるたびに泰幸は内股でベレトの腰を挟み締め、足の指を猥りがわしく引き攣《つ》らせて空を掻いた。

泰幸の口に啄《ついば》むようなキスをしたベレトは、ツンと突き出したままの硬い乳首を指で撫で、摘まんで刺激する。

「ヒイッ、ヒィイ、あ、あ」

痛みと快感を交ぜた激しい感覚がジィンと胸から下腹部へと駆け抜け、喘ぐように泰幸は悲鳴を上げた。

「もう挿れて……っ。早く終わりたい」

泰幸はとうとう弱音を吐いた。

後孔にはまだ触れられてもいないが、先ほどから秘部の襞《ひだ》が猥りがわしく収縮し、猛った雄芯を誘っている。前戯にこれほど時間をかけられるのは初めてで、泰幸の体も焦れていた。

「どんな具合か確かめてからだ」

ベレトは慎重だった。股間のものは隆々と反り返らせたままだが、いくらでも欲望をコントロールできるらしい。その分、挿れてからもなかなか達しそうにないのではという、喜んでいいのか兢々《きょうきょう》とすべきなのか、どっちつかずの予感がした。

シーツと腰の間にベレトの膝が入り込み、尻が少し上向きになる。

恥ずかしい部分を晒す格好になり、泰幸は恥辱に顔を赤くして目を閉じた。

左手でしっかり前を握られたまま、右手の指が尻の奥にある秘孔に触れてきた。

汗で僅かに湿った襞を指の腹で撫でられる。

「あ……！　あ、んっ」

いつの間にかベレトの指はローションを垂らしたように濡れており、ひくつく襞の中心に難なく分け入ってきた。

ズズッ、とそのまま長い指が根元まで入ってくる。

「……っっ、んんっ」

気持ちよさに泰幸ははしたない声で喘いだ。

十分濡れていて滑りがよければ、指一本くらいならいきなりでも痛くはない。

「あ、あっ、あ」

すぐに抜かれて、今度は二本になって戻される。

泰幸はビクビクと身を震わせ、たまらない充足感を味わった。

後孔を穿《うが》つ指の動きに合わせて、今度は宥めるようにゆるゆると陰茎を擦られる。

「あー……あ、んっ」

口を開きっぱなしにして長々と嬌声を放つ。

唇の端から飲み込み損ねた唾液が糸を引くように顎に流れ、だらしのない顔になる。

なにか特別な技か薬を使われたのではないかと疑いたくなるほど、後ろを弄られて感じてしまう。無意識のうちに、深々と差し入れられたベレトの中指と人差し指を、キュウッと貪婪《どんらん》に食い絞め、引き絞っていた。狭い筒の中が物欲しげに疼いているのが自分でもわかる。指を抜き差しされるたび、粘膜が絡みついて引きとめようとする。

「これなら俺のを挿れても大丈夫だ」

ベレトは満悦した笑みを見せ、ズルッと指を抜く。

泰幸は嬌声を上げて仰け反った。

両足をベレトに抱えられ、膝が胸につくほど体を二つに折られた。ますます尻が上を向き、今の今まで解して寛《くつろ》げられていた秘孔をベレトの目前に突き出す形になる。淫らな窄《すぼ》まりは緩んだ襞がわずかに口を開けていて、さぞかし卑猥な様をしているだろう。想像しただけで恥ずかしさに顔を隠したくなる。

いつの間にかベレトの手にはアンティークなガラス製の香水瓶が握られていた。蓋を外した瓶を傾けると、とろみのついた透明な液体が落ちてきて、ベレトはそれを手のひらに受けた。潤滑剤のようだ。もしかすると媚薬入りかもしれない。

「このほうがおまえにはムードが感じられていいだろう」

さっきは自然と指を濡らしていたはずだが、と訝しんだ端から、ベレトが先回りしてしたり顔で言う。いちおう泰幸に合わせたやり方を選んでくれているらしい。

泰幸の認識と理解の及ぶ範疇《はんちゅう》ではベレトは悪魔の分類に入るのだが、泰幸との接し方を見る限り、悪い男という印象はない。意地悪ではあるが、普通に思いやりのある、優しい男のような気がして、いざ征服されようとしていても怖くはなかった。

手のひらで体温に馴染むまで温めた潤滑剤で秘孔をしとどに濡らされた。

ベレトは自らの陰茎にも丹念にぬめりを擦りつける。

幸い、ベレトの性器は泰幸のものと基本的には同じだった。変な突起や触手のようなものが生えているわけではないとわかって、まずホッとした。

こうして裸になったベレトを前にしても、人間となんら変わりなく、抱かれることに後悔や抵抗は感じなかった。惚れ惚れするような体軀をした精悍な美貌の青年にしか見えず、ずっと一緒にいれば早晩情が湧いてきそうだ。いや、すでにもう湧きかけているかもしれない。

「おまえも期待しているようだな。早くしろとねだったのはおまえだから、当然か」

それは切羽詰まったときになり振りかまわず口にした言葉で、本意ではなかった。そう言い抜けようとしたが、ひっきりなしに猥りがわしい収縮を繰り返す秘部がどんないいわけも台無しにするようで、言うに言えない。

張りと弾力のある猛々しい陰茎の先が、燃えるように熱くなって疼いている襞の中心に押しつけられてくる。

腰が退けそうになるほど太くて長い逸物に「ヒッ」と尖《とが》った声が出る。

「息を詰めるな。目を閉じないで俺だけを見ていろ」

そうすれば大丈夫だとベレトに力強く請け合われ、泰幸は藁《わら》にも縋る心地で従った。

ベレトがグッと逞しい腰を一突きすると、濡れそぼった先端が緻密に寄った襞を掻き分け、窄まりの中心に潜り込んできた。

「アアアッ」

予想以上の力強さに悲鳴を上げて仰け反った。

内側の粘膜を大胆に押し広げ、ぎちぎちの状態で擦ってくる。

シーツに滴り落ちるほど潤滑剤をたっぷりと施されているため滑りはいいが、尋常でない嵩に入り口をギリギリまで拡げられ、ジンジン痺れさせる。

「待って、ちょっと待てって、ベレト」

「待たない」

ベレトは泰幸の腰を両手でガシッと押さえつけ、強引に陰茎を奥に進めてきた。

ズズズ……と生々しい挿入の音が聞こえるようだった。

「わああっ、ああっ」

身に受ける衝撃の激しさと、精神的な緊張とで、あられもない声で叫ぶ。

「うるさいやつだ」

どうせならもっと色っぽく喘いで啜り泣け、と口を塞がれた。

「ひう……っ」

舌を搦め捕られて吸い上げられた途端、魔法をかけられたように舌が痺れ、うっとりするような快感に襲われる。ぶわっと意識が遠のいて、宙を泳いでいるような浮遊感を味わった。

口腔を舐め回して唾液を喉の奥に流し込む濃厚なキスを執拗に続けつつ、ベレトは充血して膨らんだままの乳首にも指を使った。

一度に感じやすいところを三箇所も責める巧みな性戯は、ベレトが人外の存在であることを泰幸にあらためて思い知らせる。いずれも意識を強く集中させていて、半端でない悦楽を生みだし、泰幸をおかしくなりそうなほど感じさせた。

長大な陰茎が内側の壁を激しく擦り立てながら、筒の中をみっしりと埋めていく。

豊かな下生えが泰幸の尻肉を擽り、根元までベレトの剛直を受け入れたのだとわかった。人でない美しい魔物と繋がっているのだと思うと、昂奮が高まった。

「ああ……いい。思った以上に、おまえは、いい」

濡れた唇を離したベレトは、挿れただけでろくに動かしもしないうちから嚙み締めるように言い、微かに呻《うめ》く。吐く息は熱っぽく湿っていて、顔には恍惚とした表情が浮かんでいる。

泰幸はそれを食い入るように見つめ、なぜか胸が震えた。甘美で愉悦に満ちた、ほかでは得たことのない感覚で、全身に畏怖と歓喜による鳥肌が立つ。

ベレトに本気で求められているのだとひしひし感じた。泰幸の胸にストンと何かが落ちてきて、収まるべきところに収まったような悦びがじわじわと広がっていった。

「おまえにも俺を見せてやる」

見えるかどうかは泰幸次第だと言っていたはずだが、今やベレトは泰幸にも見えることを疑っていないようだった。

ベレトが僅かに腰を引く。

あっ、と思ったときには再びズンと突き戻されていた。

ただ戻しただけでなく、よりいっそう深いところまで先端が届き、泰幸は感じるあまり髪を振り乱して悶え、乱れた声を上げた。

夢中でベレトの首に両腕を回して縋りつく。

そのとき、肩胛骨がぐうっと隆起し始めて、背筋が一段と硬く逞しい筋肉で覆われ、厚みを増してきた。

泰幸は息を呑み、目を瞠《みは》ってベレトを下から凝視する。

ベレトは泰幸の中でさらに二度小刻みな抽挿《ちゅうそう》を行うと、形のいい唇を歪ませ、見ている泰幸までゾクゾクしてくるような妖艶な色香に満ちた喘ぎ声を長々と洩らす。

突然、バサッと躍動感に溢れた羽ばたきが聞こえ、泰幸の視界をあっというまに闇で覆い尽くしてしまった。

巨大な黒羽がベレトの白い背中に生えている。

あり得ない光景だった。左右に一度まっすぐ伸ばしきった翼は、それぞれ優に十メートルはあろうかという見事な大きさ、形、色艶で、壮麗という言葉すら陳腐な気がするほどの存在感と美を感じさせる。寝室にいるはずだが、ベレトの力で空間は無限に作り替えられているらしく、今や壁という概念はなかった。

これがベレト――異界の第七王子で、国王の十三番目の子息の、真の姿か。

たじろぎ、唖然とする泰幸を、ベレトは嬉々として欲情が渦巻く淫獄の海に攫《さら》っていく。

圧倒的な勢いに押し流されるまま身を委ねた泰幸は、そこで嵐のような悦楽を果てしなく味わわされ続けた。

泰幸がいるのはベッドの上ではなく、ベレトの意思一つで自在に体位を変えられる異次元だった。

何度いかされたのか途中から覚えていられなくなった。

ベレトがいつどうやって精気を受け取ったのかも、泰幸にはわからないままだった。

様々な形でベレトの雄芯を受け入れさせられた。後孔だけでなく、喉の奥も使われた。ベレトはあらゆるやり方を知っていて、精力旺盛、貪婪に求めてくる。

最後は意識を朦朧《もうろう》とさせたまま突き上げられ、泰幸は「もう出ない……！」と泣きどおしだった。内股は痙攣し続け、腰はとうに抜けている。体中、濡れていないところはなかった。

「まだまだ弱いな。もっと付き合ってもらわねば俺は不満だ」

ベレトはそんな鬼畜じみたセリフを吐き、フッと憎らしくも蠱惑《こわく》的にせせら笑うと、

「まぁ、最初はこんなものだろう」

と独りごちて、ようやく泰幸を解放してくれた。

一段と色艶を増し、しっとりとした黒地に七色の煌《きら》めきを纏った翼が泰幸の全身を守るように包み込み、すっぽりと覆い隠す。

まるで繭の中に閉じ込められたようだった。

不安はまるで感じず、ひどく居心地がいい。心地よすぎて、出るのを躊躇うほどだ。

「おまえは、俺のものだ」

ベレトの唇が下りてくる。

泰幸は誓うようなキスを受け、うっとりと目を閉じた。

ベレトがゆっくりと泰幸の中から己を抜いていく。

一回り小さくなって落ち着いた雄芯は、内股を伝い落ちてきた生温かい白濁とともに、ベレトが満足した証しだった。

＊

翌日はいつものとおり昼前に起きた。

泰幸の感覚では、丸々一晩かけて明け方近くまでベレトに抱かれ、この世のものとは思えない強烈な快感を味わわされ続けたはずなのだが、目覚めてみると普段となんら変わりなく、あれは全部夢だったのかと訝しんだ。

夢だとすれば、どこからが夢なのか。夢の中で一度目覚めてスポーツクラブに行って寝て、また夢を見て、そして今度こそ現実世界で起きたのか。

いや、そんなことはないだろう。

しかし、実際に泰幸は今、母親の遺してくれたマンションの馴染んだ寝室に一人で横になっており、どこにも情事の痕跡は見つけられない。

シーツは特に汚れておらず、毛布を除けて全身確かめてもキスマーク一つついていない。あれだけ弄り回された乳首も、なにごともなかったかのごとく両胸にあるだけだ。

これを夢と言わずしてなんと言うのか。

だが、絶対に夢のはずがないという思いが頑なに居座り続け、どうしても納得できない。

考えれば考えるほど迷路の奥深くに迷い込んでいっている気がして、泰幸は思考を止めた。

ベッドを下りて立ち上がる。

あの分では絶対に腰が抜けていたはずだと思うのだが、立ってもふらついたりしないし、腰も痛まない。嫌というほど何度も擦って抜き差しされた秘部にしても、腫れたり熱を持ったりしているふうでなく、歩いても違和感はなかった。

下着を穿《は》いて、長袖のTシャツとぶかぶかのカーゴパンツを身に着け、戸惑いを消せないまま寝室を出て一階部分に下りていく。

一階には三十畳以上の広さのリビング・ダイニング・キッチンと、浴室などの水回りのほかに、書斎と客用の寝室がある。

階段を下りていく間、家中がシンとしていて自分以外に人のいる気配は皆無だったため、リビングに視線を向けた途端、当然のような顔をしてソファに悠然と居座っているベレトを目にしてギョッとした。

「おまえ！　いたのかよ……！」

今の今まで夢か現実か判じきれずに頭をぐるぐるさせていたことも忘れ、唖然として食ってかかっていた。

またもやシャツもスラックスも黒一色の出で立ちで、長い足を偉そうに組み、膝の上に広げた分厚い本を捲っている。極めてスタイリッシュな黒縁の眼鏡《めがね》をかけて多少印象を変えているが、傲岸不遜な雰囲気はいついかなるときも隠しおおせない。近づいてみると、分厚い本は広辞苑だ。書斎の書棚に差してあったのを勝手に持ち出したらしい。

ベレトは泰幸を見てツイと眉尻を上げた小癪な顔をして、「まぁ座れ」とどちらがこの家の主かわからない態度をとる。

「言われなくても座る」

泰幸はムッとして答え、ベレトの横に少し離れて腰掛けた。

「なんでそんなの読んでるんだよ？」

「暇潰しだ。結構面白い」

ベレトはパタンと広辞苑を閉じると、手の甲で空を払うしぐさをする。次の瞬間には、本はもう消えていた。おそらく書棚に戻っているのだろう。

「昨晩はおまえのおかげでいい思いをした」

横からじっと顔を見据えて言われ、泰幸はカアッと頭に血が上り、動揺した。

「なっ、な……んだよ、いきなり」

やはり夢ではなかった。確証を得てもやもやとした気分が解消されたと同時に、淫ら極まりない行為のあれやこれやがドッとぶり返し、恥ずかしさで憤死しそうになる。ベレトとのセックスで受けた刺激は強烈すぎて、ひとたび思い出すやいなや、あたかもつい今し方まで抱かれていたかのごとく快感が痺れとなって駆け抜け、あえかな息をつく。肉体の奥深くに悦楽の残り火が埋められていて、言葉で挑発されただけでみるみるうちに勢いが増すようだった。

「またして欲しいか」

身に受けた快感を一つ一つ拾い集めて反芻《はんすう》し、ゾクッとしたり、ビクビクと身を震わせたりする泰幸を、ベレトはからかい、勝ち誇ったような笑みを浮かべる。

「こ、今夜は嫌だ」

泰幸は半ば本気、半ば意地を張って突っぱねた。あの快感をもう一度味わい、溺《おぼ》れたい気持ちは確かにあって、ベレトとすること自体はやぶさかでないのだが、連日だと身が保たない。冗談ではなく、よすぎておかしくなってしまいそうで、怖かった。

「しないとは言わないんだな。己の欲求に正直で貪欲なのはいいことだ」

ベレトは泰幸の返事の仕方を気に入ったらしい。黒い瞳に喜色が含まれているのが見てとれる。そしてその目をすっと細め、さらに続けた。

「その調子でほかにも望みがないかどうかよく考えろ。奪うばかりでは俺もきまりが悪い」

「思いついたら言う。遠慮なんかする筋合い、ないからな」

泰幸はいささか突《つ》っ慳貪《けんどん》に言い返した。

ベレトが気を遣ってくれているようでなんとなく面映ゆい。悪魔っぽいのに変なやつ、と思う。ベレトが特殊なのか、それともベレトたちは皆こういう性質なのか、いずれにせよ泰幸の既成概念は通用しないようだ。

精気を取り込んだためだろうか、ベレトの肌はいっそう張りと艶が出て瑞々しく、手のひらを這わせたくなるほどだった。少しは役に立ったらしいと、泰幸は嬉しいような誇らしいような気持ちになる。自分のおかげだぞと恩に着せてやりたかったが、鼻であしらわれるだけの気がして、こっそり優越感に浸るにとどめた。

「腕を貸してみろ」

「え？」

不審げに眉を顰《ひそ》めたまま、泰幸は言われたとおりベレトに向かって腕を差し出した。

ぐいっと手首を摑まれ、袖を肘までずらされる。

「おまえは少し痩せたな。つい夢中になって奪いすぎたようだ。ちょっと返してやろう」

「べつに、変わらないと思うけど」

あれだけ激しい行為をしたわりに寝起きは楽だったし、怠さも疲れも感じない。窶《やつ》れたとか痩せたという気も自分ではしなかった。

「よくよく人間というのは目の悪い種なのだな」

ベレトは真面目な顔でずけずけと言うと、戸惑って抵抗らしい抵抗もしなかった泰幸を抱き寄せ、首筋に口づけしてきた。

唇を押しつけ、軽く啄んで皮膚を揉み込むようにされ、嫌ではなかったのでおとなしく身を任せていると、いきなり鋭い痛みに襲われた。

「……つっ……！」

深々と牙を突き立てられたような感覚に思わず身動いでベレトを押しのけようとしたが、ビクともしない。どうなっているのか目で見て確かめたくとも、顎を大きく仰け反らされていてそれすら叶わなかった。

全身の血がたちまち活性化し、体が熱くなる。

「やめ、ろ……っ、なんだよ、これ……？」

「きついか。いったん俺の血と混ざった精気は、おまえには濃すぎるようだな」

ベレトの声は口が塞がっていようと普通に喋っているのと同じに聞こえる。

「も……いい、体が、なんか……おかしい」

燃えるように熱くなって汗ばんだ全身から力が抜けていき、泰幸は指一本動かせずにくたりとベレトに崩れかかる。

夏場に暑さにやられるのとは違って、体の芯につけられた火が体の隅々にまで燃え広がるような熱っぽさで、そのうち疼くような感覚まで生じてきた。

下腹部の淫靡な疼きは特にひどく、勃起《ぼっき》してカーゴパンツを押し上げだした陰茎もどうにかしてほしかったが、それより後孔が飢えたように妖しく収縮するのがたまらなかった。まるで媚薬でも仕込まれたかのごとく爛熟して、内側の粘膜を自然と濡らす。自分の体が花の蜜のような芳香を放っている気がする。その芳香は泰幸自身をも酔わせ、うっとりとさせる。

「無理をして体を動かそうとするな」

ベレトはゆっくりと泰幸の首筋から牙を抜くと、弛緩したままの体を膝に抱え、今度は唇を吸ってきた。閉じきれずに薄く開きっぱなしになっていた口にするりと舌が差し入れられ、口蓋をあやすようにそよそよと擽られる。

そのうち嚥下し損ねた唾液が溜まりだしたのをベレトに啜られ、今度はおまえの番だとばかりに舌を搦め捕られ、ベレトの口腔に連れ込まれた。

ベレトの口の中も熱く、濡れそぼっている。自分からは積極的に動かせなかったが、ベレトの舌が執拗に絡んできては裏側を擽ったり吸引したりするので、口の中のあちこちにぶつかった。歯列に押しつけられもして、牙などどこにもないことを知った。必要なときだけ犬歯が形を変えるのだろう。ベレトに関してはどんな現象が起きてもさして驚かなくなっていた。

キスを続けるうちに不思議と股間の昂りは落ち着きを取り戻してきた。普通であればますます性感が高まって、出さずにはすまされなくなりそうなものだが、と首を傾げかけたとき、ふと、俺の体液は癒しもすれば煽りもすると言っていたベレトの言葉が脳裡を過ぎる。

ああ、そういうことか、と納得した。苦しい状態から救ってくれたのかと思うと、ぶっきらぼうで横柄だが優しいところもあるのだなと感じて、心が温かくなる。

「しばらく横になっていろ」

泰幸は促されるままベレトの膝に頭を載せ、ソファに体を伸ばす格好になった。

徐々に力が入るようになってきて、汗が引いた肌はサラサラに乾いた状態で、不快を感じるところはもうどこにもない。目を瞑っても眠気はもよおさなかったが、開けていると泰幸を見下ろすベレトと目が合ってバツが悪かったので、瞼は閉じていた。

「さっきよりはだいぶ顔色がよくなった」

ベレトがボソッと呟く。ベレトにとって泰幸は、己に必要な精気を得るための媒体にすぎず、むしろそう割り切るほうが異界の存在にはふさわしい気がするのだが、意外とベレトは泰幸を大事に扱う。対等とまでは見なしていないにしても、十分情を感じさせるし、守ってもくれている。なるほど、契約というのは、一方的なものではないのだなと逆に感心した。

「翼、すごかったぜ」

目は閉じたままだったが、泰幸の言葉にベレトが胸を衝かれたかのように一瞬息を止め、微かに身動いだのがわかった。ひたと見下ろすまなざしに力が籠もったのも感じとれた。

「また見せろよ」

ベレトはフッと呆れたように溜息をつく。

「おまえは変わっているな。普通の人間は、金や地位を欲しがるか、友達や家族みたいな精神的な支えを欲しがるか、いずれにせよもっと実のあるものを望むのではないのか」

「欲しくないとは言ってない。優先順位の問題だ。俺は先にあんたをもっと知りたいんだ」

「それは俺が好きと言うことか」

「ずいぶん一足飛びだな」

泰幸は虚を衝かれてしまい、目を開けてベレトを見上げ、クックッと笑いだす。

「あんたらの世界では、知りたいは好きと同義なのか」

「そういう場合もあるというだけの話だ」

ベレトは忌々《いまいま》しげに顔を顰め、泰幸を睨む。

「読めばいいだろう、俺の心」

泰幸はベレトを挑発した。なんでもわかっているはずの男を相手に隠し事をしても始まらない。開き直るのは得意だ。実のところ、泰幸自身ベレトをどう捉えているのか定かでなく、ベレトの口から逆に「おまえの気持ちはこうだ」と教えてもらえばいっそすっきりするかという期待もあった。

しかし、ベレトは不機嫌そうに唇を引き結んだままで、ウンともスンとも答えない。先回りされると反発心が湧き、相手の考えどおりになどするものかと天の邪鬼になるのかもしれない。

「ベレト様」

そのとき、サガンの声がして、泰幸はギョッとした。

「い、いたのかよ、そいつも」

従者にしては高貴な佇《たたず》まいで、明らかにこちらを軽んじているサガンを相手にも、泰幸は怯むことなくズケズケとした物言いをする。

ベレトの膝を枕にしたまま首だけ回して声のした方を見ると、サガンは苦虫を嚙み潰したような顔つきで、すぐ傍に立っていた。

驚いたことに、エプロンを着けている。芸がなくて頑ななのは主同様で、髪を一つに結んだリボンから靴に至るまで、こちらもすべて黒ずくめだった。

つまらない。女みたいに綺麗な顔をしているくせに、こいつは愛想のかけらもない。

揶揄も含めてそんなことを思った途端、「申し訳ありませんね、ご希望に添えず」と刺々しい返事が飛んできた。間髪《かんはつ》容《い》れずに横っ面を叩かれたようなもので、泰幸は首を縮めて舌を出す。怒らせると面倒なのは、ベレトよりむしろこの従者のほうかもしれない。

「ベレト様、ご昼食の用意が調いました。こちらにお運びしますか。それともダイニングテーブルでお召し上がりになりますか」

サガンは泰幸をぴしゃりとやり込めると、あとは眼中にないかのごとく無視して、ベレトに恭しい態度で伺いを立てる。

ここは俺の住まいだぞ、と泰幸は鼻白んだが、この厚かましい二人に何を言っても無駄なのは明白だったので、聞き耳だけ立てていた。

昼食の用意ができていると聞いてはじめて、美味しそうな匂いがしていることに気がつく。いったいいつサガンはこんなものを作ったのか、彼らが関わると時間の流れが泰幸の理解と認識を超越するとしか考えられず、頭がこんがらがる一方だ。あるがままに受け入れ、わからないことが起きても追及せずにやり過ごすのが、二人と付き合う際のコツのようだ。

「泰幸、どうする?」

ベレトは答える前に泰幸の意向を聞いてきた。

どうやら、食事は泰幸にさせるためにサガンに言って作らせたものらしい。サガンもおそらく承知の上で、泰幸と直接口を利くことに抵抗があってベレトを間に挟んだだけのようだ。サガンの取り澄ました横顔を見て、泰幸は推察した。

「ダイニングのほうが食べやすい」

泰幸が返事をすると、ベレトはサガンに向かって顎をしゃくった。

「畏まりました」

すぐにサガンは引き下がる。

泰幸はゆっくりと上体を起こし、ソファに座り直した。

ダイニングに据えられた大きめのテーブルに、手ずから皿を並べているサガンの姿を見やる。

「ああいうときは魔法は使わないんだな」

「魔法?」

ベレトは眉根を寄せて、心外そうな顔をする。どうやら人間が想像する力と、実際にベレトたちが操る力とは、似て非なるものらしい。

それよりさらに意外だったのが、どうもベレトは、先ほどから泰幸の頭の中を探って思考を読むのを躊躇いだしたようだ、ということだった。それまでベレトがどうやって泰幸の心を覗いていたのかは知らないが、今はあまり積極的に読もうとしていないように感じられる。

「サガンは礼儀を弁《わきま》えた有能な従者だ」

「でも、性格は悪そうだ」

「おまえと相性がよくないだけだろう」

なんだか不愉快だ。泰幸はむすっとして立ち上がる。

ベレトがサガンを庇うことに妙に苛立った。自分でも不可思議な気分だ。むしろそれは当たり前のことだと頭では理解できるのに、心が不快にざわつくのだ。ベレトのことなどまだよく知りもしない。たった一度契約で寝ただけの関係でありながら、子供じみた独占欲がちらちらと頭を擡げる。その理由がわからない。

煙たがられているのを承知で、テーブルをセッティングしているサガンに近づく。

「手伝ってやろうか」

わざと嫌がらせのような申し出をする。

「結構です」

サガンはにべもなく断った。

「邪魔ですから座っていてください」

泰幸が肩を竦めると、背後からベレトがやって来て先にテーブルにつき、泰幸にも前の席に座るよう、有無を言わさぬまなざしで指し示した。

だからここは俺のうちだぞと理不尽さを覚えつつも、結局逆らえずに渋々従う。

サガンは二人に食前のワインを注ぎ、手の込んだ前菜を盛り合わせた最初の皿を運んできてくれた。

確かになんでもできる器用な男らしい。いかにも神経質そうで、完璧主義者のようだ。

こうやって誰かと向き合って家で食事をするのは久しぶりだ。母親が死んで以来ずっと一人で過ごしてきたが、べつに寂しいと感じた覚えはない。それでも、目の前に話しかけられる相手がいるのといないのとでは気持ちの張り方が違った。これも悪くないと感じて、二人が居着くなら居着いてもかまわないと思った。

「今日はこのあとどうする？」

ベレトに聞かれ、泰幸は少し思案した。

「あんたは昨日、どこを見てきたんだよ」

反対に質問すると、「ベルリン」と意表を衝く答えが返ってきた。

「以前訪れたときには一つの都市が壁で西と東に分けられていた。非常に珍しいものを見た気がして、もう一度見たいと思ったが、今はもうなくなっているのだな」

いつの話だ、と突っ込みたいのをこらえ、泰幸は「ああ、そう」と相槌を打つにとどめた。

「じゃあ、今日は近場であんたが見たいところに付き合ってやるよ」

なんとなくそうしたい気分だった。

ベレトは探るようなまなざしでしばらく泰幸を見ていたが、反対はしなかった。

「おまえがそれでいいならそうしよう」

オープンキッチンで次の皿を出す準備をしているサガンの眉が不服そうにピクリと吊り上がったが、泰幸は気づかなかったふりをして食事を続けた。

＊

「いささかお戯れが過ぎるのではありませんか」

サガンは気難しげに眉間に皺を寄せ、窘《たしな》めるというよりは非難するに近いまなざしでベレトを見た。すぐに逸らして顔を伏せ、それ以上立場を弁えない態度をとるのは慎んだが、他者との接触を遮断した心の奥で苦々しい気持ちでいるのは間違いない。遮断を打ち破るのはベレトには容易《たやす》いことだったが、そうするまでもなくサガンの思考は手に取るようにわかった。

「一度交わっただけの糧にもう情けをおかけになるとは、どういうおつもりなのでしょう。理解いたしかねます」

「俺があいつに情けをかけているように見えるのか」

「はい。明らかに」

サガンの返事は断定的で、いささかの迷いもない。

「かもしれないな」

ベレトはあえて反駁《はんばく》しなかった。

自分自身少なからず戸惑っているのだ。確かに、いろいろらしくないことをしている。

相手の体調を慮《おもんぱか》って、せっかく取り込んだ精気を注ぎ返すなど、強い情がなければ思いつきもしない行為だ。泰幸が顔色の優れないのを見た途端、どうにかしてやらずにはいられなくなった。あんなふうに心を突き動かされたのははじめてだ。

さらには、泰幸の頭の中を常時覗くのが躊躇われだした。何もかも知っておいて優位に立ちたい気持ちと、知り尽くしていたらつまらないと感じる気持ちとが鬩《せめ》ぎ合い、遠慮が先に立つようになった。『我々の世界』で心をガードした相手と恋の鞘当《さやあ》てを楽しんでいたときの気分をまた味わいたがっているのではないかと指摘されれば、否定できない。

サガンはふっと小さく溜息をつく。

「あの者のどこがそれほどまでにベレト様の意に適ったのでしょう?」

「わからない」

ベレトは正直に答えた。

世界一高い電波塔の、針のように細いてっぺん部分に、ベレトは最初に降りてきたとき同様、革製のライダースーツ姿で立っていた。強い風を全身に受けてもビクともせず、腕を組んで遥か彼方を見るともなしに眺める。サガンはベレトの少し後方に控えている。

「相性がいいのは一目見て確信した。容貌が好みだったし、周囲に親しい人間が一人もいないから面倒も後腐れもなくていいと思った。だから一度きりにせず、飼うつもりで契約を持ちかけた。なんのかんのと言いながら、あいつも最初から俺を受け入れていたから、堕ちるのは時間の問題だった」

「早すぎるくらい早かったですね」

サガンの口調は相変わらず毒を帯びている。

「たまにああいう物怖《ものお》じしない人間がいる。厚かましいのになると、逆にこちらを利用して甘い汁を吸おうなどと画策する身の程知らずな輩《やから》もいる。俺たちの存在を認めて馴染むのが早くても、取り立てて珍しくはない」

「そうですね。彼はまだましな部類だとは私も思います。それに、認めたくはありませんが、彼には我々の翼を見る特殊な能力があります。ベレト様がおっしゃったとおり、遙か昔にどこかで血が混じった証しかもしれません。だとすると、ベレト様がお惹かれになるのも無理からぬこと」

心持ち声音を穏やかにしてサガンは神妙に受け答えしたあと、あらたまった態度で思い切ったように言う。

「それにしましても、ベレト様はこちらの世界におられる間の伴侶として彼をお求めになったご様子」

「伴侶？　この俺が、まさか」

虚を衝かれた心地でベレトは憮然とする。

それを言うなら、ペットとして傍に置いて無聊《ぶりょう》を慰めたいのだろうと言われたほうがまだしも納得がいく。いくらなんでも伴侶はない。

契約したからにはベレトも義務を果たして彼を守るし、願いも叶える。二度三度と交わるうちには親近感も増すに違いない。現に今の時点でも、なんらかの情は芽生えさせている。必要もないのにキスしたくなったり、なにくれとなくかまって怒らせたり拗《す》ねさせたりするのは、泰幸の反応を見たいからだ。泰幸に関心を持っていることは否定しない。

だが、せいぜいそこまでだ。追放処分が解かれる前に彼の寿命が尽きれば次の相手を捜すだけのこと。ベレトは泰幸に拘っているつもりはなかった。伴侶などとは勘違いも甚だしい。

「……左様ですか。ならば私もよけいな気を揉まずにすんで助かります」

そんなふうに片づけておきながら、サガンはますます憂鬱が増したような暗い面持ちになり、少しも心が晴れたふうではなかった。

ベレトは引っかかり、不穏な気持ちになる。

「まだ言い足りないことがあるようだな？」

自分自身どこかすっきりとしない気分を抱えているため、曖昧な反応や、含みのありそうな態度を見せられると落ち着けない。

いいえ、べつに、とサガンはいったんは否定しかけたが、やはり気を変えたらしく、躊躇いを払いのけるようにして口を開いた。

「ベレト様は生来恋多き御方、恋がゲームであるうちは私も不粋なことは申しません。さすがに陛下のご愛妾にまで手を出されたのはまずかったと思いますが、こちらの世界におとどまりの間は遠慮やタブーとは無縁です」

「嫌味なやつめ」

チッとベレトは鋭く舌打ちする。

「嫌味だなどと、とんでもありません。私は二股三股をベレト様にお勧めしているのです」

「貴様にそんな気の利いた冗談が言えるとは思わなかったぞ」

「いいえ、私は本気です」

笑い飛ばそうとしたベレトを、サガンは間髪容れずに遮る。

サガンの表情の硬さにベレトもふと表情を引き締め、真顔になった。

「契約がある」

「ほかに相手を求めることと、彼と契約を交わしたことはべつの話です」

サガンは普段以上の冷淡さを見せる。

「おまえはよほど泰幸が気に入らないらしい」

苦笑を禁じ得ず、嫉妬でもしているのか、とわざと揶揄めかしてみたが、サガンは冷静そのものので僅かも動じなかった。

「恋愛ごときでぐずぐずに崩れてしまう不様な貴方様を拝見するのが忍びないだけです」

「誰に向かってものを言っている」

さすがに本気で不愉快になり、ベレトはサガンに背を向けた。

「申し訳ありません。言葉が過ぎました」

サガンも反省の色濃く、恐縮して膝を折ると、深々と頭を垂れた。

「もういい、行け」

ベレトは根に持つほうではないため、サガンが畏まって去るのを見送るときには、もうさして機嫌を損ねていなかった。サガンの吐いた暴言が、ベレトを案ずるがゆえのものだということは疑っていない。泰幸に対する気持ちを深読みして邪推されるのは心外だが、そう受け取られるほど特別な扱いをしているのかと、あらためて胸に手を当てて考えもした。

泰幸を選んだのは単純に「いい」と思ったからだ。不遜で生意気だが、卑屈でないのがいい。悪さはするが性根は曲がっておらず、分不相応の望みは抱かないところが、欲の尽きない人間にしては珍しい。二十四にして人生を投げているところがあって、もっと愉しみを教えてやりたくもなった。そうして人間が歪んでいって道を踏み外す様を傍で見るのも暇潰しにはもってこいだ。だから契約しようと思ったのかもしれない。

ときおり人間らしからぬ知覚を発揮するのには驚かされるが、稀に「見える」者はいる。それ以外においては、泰幸はごく普通だ。品行方正でないのは明らかだが、後世に名を残すような悪人の器からはほど遠い。博識なわけでも一芸に秀でているわけでもなく、のんべんだらりと日々を過ごしている。綺麗な顔に似合わず態度や言葉遣いはがさつで、辛抱の「し」の字も知らない典型的な怠け者。百歩譲ってもサガンとは合わないだろう。自意識が高く、己にも他人にも厳しいサガンは、泰幸のような存在が許し難いのだ。そんな男をベレトが相手にすること自体あり得ないと呆れているに違いない。

なぜかかまいたくなる。わざと怒らせて突っかかってこさせたり、尋常では得られない悦楽を与えて泣かせ、縋りつかせたりしたくなる。

それをサガンは恋だと言うのか。

飛躍しすぎだろう、とベレトは失笑した。

とにかく、サガンにこれ以上の口出しを許すつもりはない。泰幸とは当分の間行動を共にする。人本来の寿命を考えればあと六十年か七十年、それがベレトと交わることで多少延びたとしても、たかが百年か百五十年程度の話だ。ベレトにとってはさして長くもない期間で、いちいちうるさく言われるほどのこともない。

昼間泰幸とブラブラした渋谷《しぶや》の雑踏や南麻布の有栖川宮《ありすがわのみや》記念公園を頭に浮かべ、とるにたらない会話をしながら、さして興味もない場所を歩き回っただけにしては、存外愉しめたなと反芻する。

ベレトも暇を持て余している身だ。

しばらくはこんなふうにして人間界を見て回るのも悪くない。

次はファラオの墓に案内しろと言ったら、泰幸は一呼吸置いて「馬鹿か」と呆れて目を丸くした。そのときの表情があまりにも間が抜けていて可愛いとさえ思え、ベレトはいよいよ泰幸にあちこち見せてやりたい気分になったのだ。

手始めにエジプト、次にアマゾンのジャングル、アルゼンチンとブラジルにまたがるイグアスの滝。泰幸が自分ではおそらく一生出かけそうにない場所に連れていき、どんなふうに感じるのか知りたい。

満天の星の下で交わったり、象の背に揺られながら達かせ続けるのも一興だ。

想像するだけで昂揚してきた。

目を凝らして泰幸に焦点を絞る。

港区《みなと》、青山、瀟洒《しょうしゃ》で豪勢な十階建ての低層マンション。

大理石を敷いた三十畳からなる広い部屋、スタイリッシュなイタリア製の家具、大きな白いソファ。昼間日差しを浴びて歩き回って疲れたらしい泰幸は、ベレトがサガンと話をするためにここに飛ぶ直前まで見せていたのと変わらぬ姿でうたた寝している。

白く整った顔立ち、長い睫毛、小さめの唇。働いた経験がないせいか、まだ二十歳そこそこといっても違和感のない若さと頼りなさを感じ、ベレトの胸はざわめいた。

今まで味わったことのない甘酸っぱいものが込み上げてくる。

ベレトにはこれがなんなのか本気でわかっていなかった。

Ⅱ

異界から来たという黒ずくめの怪しい男ベレトにはじめて会ったのは、五月初旬の、禍々《まがまが》しいほど明るく大きな満月が空に懸かっていた夜だった。

泰幸《やすゆき》はなぜかベレトに目をつけられ、彼と契約を交わした。

以来ずっと、様々な場面で己の理解の範疇《はんちゅう》を超える出来事に遭遇し続けている。

最初は驚いたが、泰幸はよくも悪くも物事に拘《こだわ》らない質で、あるがままを受け入れることに抵抗を感じないほうだ。さすがに異界の王子だと聞かされたときには、なんの冗談だと疑ってかかったが、人間離れした能力をたびたび見せつけられるうち、信じざるを得なくなった。

ベレトには、サガンという、美しいが性格のきつい従者がおり、彼のほうは半年が過ぎた今でも泰幸との間に一線を引いていてよそよそしい。面倒くさいので泰幸も必要最低限のかかわりしか持たずにすませている。

ときどき冷たいと評されることがあるが、泰幸は来る者は拒まず去る者は追わずだ。

昔はそんなふうではなかった。こうなったのは、大学時代に付き合っていた男に裏切られ、ショックを受けてからだ。泰幸が人生に嫌気が差してなにもかもどうでもいいという捨て鉢な心境になり、ろくに就職活動もせぬまま、押し出されるようにして大学を卒業したのも、あの事件のせいだった。

三年前の秋に起きた衝撃的な事件で、まだ記憶に生々しい。当時はメディアの扱いもかなり大きく、大学中が騒然としていたものだ。泰幸は渦中の人物と特に親しかったため、一時は強引な取材攻撃に遭って身も心も疲れ、傷つき果てた。

単なる仲のいい同級生ということで表向きは押し通したが、泰幸は傷害致死容疑で逮捕された山藤《やまふじ》豊《ゆたか》と付き合っていた。サークルが一緒だった縁で仲良くなり、一年の終わりがけに告白され、泰幸も山藤が嫌いではなかったので、数日迷った末にOKの返事をした。事件が起きるまでの一年半、体の関係こみの交際を男同士でしていたのだ。

二人の関係は周囲には内緒にしていた。誰にも知られていなかったはずだ。

山藤はちょっと短気でがさつ、思い込みが激しくて要領の悪いところはあったが、根は優しくて一途な、田舎育ちの純朴な男だった。青山《あおやま》や六本木《ろっぽんぎ》界隈で生まれ育った泰幸は、山藤には洗練されすぎていて眩《まぶ》しかったらしい。泰幸を入学式で見かけたとき、あまりの綺麗さに呆然《ぼうぜん》となり一目惚れした、などと真剣に打ち明けられたのだ。一年近くサークルの仲間同士として普通に友人関係を築いてきたが、気持ちは募る一方で、ついに我慢しきれなくなり、玉砕覚悟で告白したという。

もともと男にしか興味がなかった泰幸は、それまで誰とも交際してこなかった。高校時代から歌舞伎町《かぶきちょう》や二丁目で遊びはしていたが、当時はまだ今よりはまっとうで、ハッテン場で行きずりの男を調達できるほど捌《さば》けてはいなかったし、そうした関係には抵抗もあった。

山藤のことは同級生やゼミ仲間としてそれなりに知っていたし、そろそろ誰かと経験してみたいという好奇心も手伝って、まぁいいかくらいの気持ちから始めた付き合いだった。

それでもずっと一緒にいるようになれば相手に寄せる想いは深まっていく。友達だったときには気に留めなかった部分が欠点としてはっきり見えてくることもあったが、総じてうまくいっていたと思う。少なくとも泰幸はそう考えていた。

だから、泰幸は今でも半信半疑のところがある。

あの山藤が、ゼミの担当教官だった准教授の妻と不倫していたなど、にわかには信じがたい話だ。確かに山藤は男を好きになったのは泰幸がはじめてだと言っていた。それまで恋愛の対象にしてきたのはすべて女性だったそうだ。だからといって、泰幸と付き合いながら二股かけて、しかも年上の女性と不倫するような大それたまねができるとは想像しがたかった。

挙げ句、准教授が予定外の時間に帰宅し、逢い引きの最中だったところを見られ、激しい口論の末に暴力を振るい、突き飛ばした拍子に家具の角に頭部を打ちつけ死なせてしまった、というのが事件の大筋だ。

泰幸は二重にも三重にも衝撃を受け、心に深い痛手を負った。なんとなく始めた付き合いが、泰幸の気持ちの上で徐々に本気の恋愛になっていきつつあった矢先の事件だったため、よけいショックが大きかった。

山藤は一貫して不倫はしていない、何かの間違いだ、自分はただ准教授宅に資料の分類を手伝いに行っただけだと訴え続けたが、検察側は三ヶ月ほど前にも二人が新宿《しんじゅく》のホテルで密会していた証拠の映像を出してきて、夫人も認める証言をしたため、裁判員たちの心証はぐっと悪くなったに違いない。いくら山藤が否定しようとも、この二つの証拠は泰幸にも決定的だと思われた。

泰幸は山藤を信じたかったが、もう無理だ、とみるみる気持ちが冷えた。

結局、反省の色なしということで山藤には懲役二年半の判決が下された。聞くところによると最終弁論あたりから山藤はすでに何を訴えても無駄だと諦め、自棄《やけ》になっていたらしい。控訴もせず刑が確定し、刑務所に収監されたようだ。

自分以外にも付き合っている相手がいたとはまったく気づかなかった。いい面の皮だったのかと思うと悔しくてたまらず、二度と真剣な恋などするものかと心に決めた。純粋な気持ちを踏みにじられ、陰でせせら笑われるのはたくさんだ。

泰幸が無気力で自堕落な生活を送るようになったのはそれからだ。

大学には必要最低限しか行かず、卒業証書をなんとかもらえればいいというやる気のなさを隠す努力もしなかった。母親が不干渉なのをこれ幸いに、就職活動もせず、毎晩新宿《しんじゅく》二丁目に通ってその手合いの店で酒を飲み、誘ってきた男と寝まくった。一時は「公衆便所」と陰口を叩かれていたこともあったくらいの乱れぶりだった。

父親の事務所に、泰幸がひそかに「伝書鳩」と侮蔑した渾名《あだな》で呼んでいた下っ端秘書がいる。彼から淡々とした口調で、「これ以上ご乱行を続けるおつもりなら、母子とども容赦しない。店もマンションも取り上げられて路頭に迷う覚悟があるか、と仰せです」と父親からの脅しの言葉を伝え聞くまでの半年以上もの間、むちゃくちゃなことをしていた。

自分だけならばともかく、母親にまでとばっちりがかかるとなれば、おとなしくするしかない。泰幸の素行不良が原因でこれまで築き上げてきた人生がめちゃくちゃになると知ったら、母親は烈火のごとく怒り、泰幸を恨むだろう。すると言ったら父親はどんな手を使ってでもする怖い男だ。自分の思いどおりにならないことなどないと本気で信じている。父親らしいことは何一つしないくせに、万が一にも我が身の破滅に繋《つな》がりかねないことがあれば、どんな小さな芽でも見逃さずに摘み取るはずだ。力の差が歴然としているだけに、逆らえなかった。

なんとか大学を無事卒業し、忘れもしない四月十日に脳溢血で倒れた母親が三週間後に死亡し、泰幸は天涯孤独になった。

「伝書鳩」は葬儀の際に分厚く膨らんだ香典袋を持参したきり現れなくなり、以降、父親との関係は実質途絶えている。おそらくもう完全に縁を切られたのだろう。

もしかすると、気が強くてしたたかだった母親が、何か弱みを握って父親を縛りつけていたのかもしれない。母親が死んで父親も解放されたのだと考えると、いろいろしっくりくることがあった。泰幸を脅したときの、路頭に迷わせてやる発言がはったりだったとしても、もうすんだことだ。ちくしょうと悪態をつくしかない。考えようによっては、今、泰幸が働きもせずに悠々自適の生活が送れるのは、母親の遺した財産に父親がいっさい横槍を入れてこなかったからで、その点は感謝しなければいけないだろう。店にしろマンションにしろ、もともとは父親の懐から出た金なのは疑うべくもない。管財に関する知識など皆無の泰幸がぼんやりしている間に、裏から手を回して差し押さえられていた可能性はなきにしもあらずだ。

父親と縁が切れてからは、またぼちぼちと遊びに精を出し始めたが、以前のように無茶苦茶なまねはもうする気になれず、声をかけてきた日吉《ひよし》とセフレ感覚でつるむようになった。日吉は空威張りが得意なだけのくだらない男だ。そういう男だから逆に後腐れなく付き合えて、自分みたいな仕方のない人間に似合いかと自虐的に考えていたが、ベレトを知ってからは完全に興味を失い、泰幸にとって不要な存在になった。

美人局《つつもたせ》をしてシマを荒らしたと因縁をつけてきた浅野《あさの》組のチンピラどもに襲われた際、泰幸を見捨てて一人さっさと逃げた日吉に引導を渡してからも、日吉は何度か電話やメールを寄越してきた。

メールは無視されたら終わりで、埒《らち》が明かないと悟ってからは、もっぱら電話攻撃だ。自分の携帯電話の番号は着信拒否されていると知ると、知り合いの電話からかけたり、二人でよく行っていた店の電話を借りてかけてきたりと、あの手この手でしつこく食い下がる。

「もういい加減にしろよ。俺はとっくに新しい男とできてるんだ。迷惑なんだよ」

三度目にうっかり電話に出てしまったとき、泰幸は腹立ち紛れにそう言った。

『そいつは、このところずっとおまえと一緒にいる、あのやたらと背の高い、いつも黒い服ばかり着ている男のことか』

「ああ、そうだよ」

隠す必要もないと思って泰幸は得意げに認めた。ベレトはめったにないほど見栄えのする、人目を引く男だ。日吉など足元にも及ばない。見たことがあるなら、歯軋《はぎし》りしただろう。そのへんの男とは明らかに格が違う。向き合っただけで気圧《けお》されそうになるあの凄まじい存在感、畏怖を覚えずにはいられない気高い雰囲気は、誰しもに備わっているものではない。おまえなんかもうお呼びじゃないんだと日吉のプライドを完膚なきまでに叩きのめし、二度と自分の前に現れるなと牽制したつもりだった。

日吉はむうっという感じで押し黙る。

「わかったら今後は電話もメールもしてくるな。俺の返事は同じだ」

言うだけ言って、じゃあなと電話を切ろうとしたが、

『俺だけじゃないみたいだけどな』

といきなりわけのわからないセリフを吐かれ、思わず携帯電話を耳に当て直していた。

「今度はなんの話だよ。見苦しいまねはたいがいにしとけ」

どうせ泰幸に電話を切らせまいとして適当なことを言うだけだろうと小馬鹿にし、わざとらしく溜息《ためいき》をつく。

しかし、日吉はへらへらしたいつものふざけた調子は引っ込め、珍しく神妙な口振りだった。

『この半年の間に三度、同じやつがおまえのマンション付近をうろついているのを見かけた。そのあたりの住民じゃないのは雰囲気でわかる。二十代半ばか三十前かそこいらの、くたびれた身形《みなり》をした陰気な顔つきの男だ。ありゃ、絶対おまえを見張ってるぜ』

そう言われると聞き捨てならず、泰幸は眉根《まゆね》を寄せて訝《いぶか》しんだ。

「誰だよ、そいつ。俺は知らねぇぞ。身に覚えもない」

『おまえになくても、向こうには恨みつらみがあるんじゃないのか』

すげなくされた仕返しだとばかりに日吉の声が底意地の悪い喜色を帯びる。泰幸を不安がらせ、気を揉ませようという腹らしい。

「なんで俺を見張っているとわかる?」

泰幸は冷静になって切り返した。

『おまえの部屋の明かりが消えた途端、植え込みの陰から出てきて立ち去ったからだよ』

それを知っているということは、日吉自身もストーカーまがいのことをしていたのだろう。苦々しさと気色の悪さが込み上げる。日吉はまだ正体がわかっているだけましだが、もう一人の男は特に不気味だ。美人局の餌食にした男たちなど、思い当たる節はいろいろあるだけに、どこの誰から狙われているのか特定しきれず、恐ろしかった。浅野組の下っ端たちが性懲りもなく報復のやり直しに来たとも考えられる。

「あのときのやくざどもじゃないのか。おまえは狙われてないのかよ?」

『そんな気配はねぇな』

だからこそ日吉は他人事のように泰幸に話すのだ。返事は推して知るべしだった。美人局を仕掛けた男たちのうちの誰かなら日吉も知っているはずだし、当然そう言うだろう。ということはそれとは違うのだ。

誰だ、いったい。泰幸は内心兢々《きょうきょう》としながらも、日吉には平静を装った。

「まぁ気にしたって始まらないから、べつにいいさ。俺にとってはそいつもおまえも過去の男だ。わかったらもう連絡してくるな。あんまりしつこくするようなら、今付き合ってるやつに言って叩きのめさせるぞ。あいつはめっぽう強いんだ」

この脅しは予想以上に効果的だったらしく、日吉は『なんだとっ、この……！』と叫ぶだけ叫んで、自分から通話を切った。ベレトの堂々とした佇《たたず》まいからして、さぞかし腕っ節も強そうだと思ったのだろう。ベレトがその気になれば、人間など足元にも及ばない力を発揮する。日吉は持ち前の勘で、かかわりにならないほうがいいと判断したようだ。とにかく逃げ足だけは速い男なのだ。

「またあの日吉という男からか」

一息ついた途端、ベレトに声をかけられる。

はっとして窓辺を振り向くと、神出鬼没の怪盗さながらにベレトの姿が出窓にあった。片足を上げて腕をかけ、もう片方の足と腕はだらりとさせている。どんなポーズを取らせても腹が立つほど決まる。すっかり見慣れたはずなのに、ベレトと顔を合わせるたびに心臓をドキリとさせる自分が我ながら忌々しい。

「たぶんもうかけてこない」

泰幸は突《つ》っ慳貪《けんどん》に言った。

「ああ。俺のことを持ち出してまんまと追い払ったようだな」

「やめろよ、そういう嫌味な言い方」

どこにいてもベレトにはすべてお見通しだと知っている。物理的な距離はないも同然だと、何度も教えられていた。それどころか泰幸には心を隠す術さえもないのだ。ただし、ベレトもそこは自重しているらしく、特に最近は口に出す前から応答があるケースはほとんどなくなった。たまにごく表層まで出てきている意識を読まれる程度で、それだと泰幸たちが他人の顔色を読むのとたいして変わらない。付き合いだして半年も経てば、お互いに心地よく過ごすためのルールが必然的に生まれるようだ。

「ちょっと出かけないか」

ベレトはいつものように気易く誘ってきた。

瞳には三日ぶりに精気を吸わせろと求める強い欲情が宿っている。そういうときのベレトは一段と色香が増し、流し目をくれられるだけで体の芯が燃えるように熱くなって疼《うず》きだす。今も泰幸は、返事をする前からベレトに酔わされ、あてられそうになっていた。

「今度は、どこ?」

「サハラ砂漠」

「ふうん。今から行くと向こうは夜?」

アフリカ大陸だろうが南極だろうがたじろがない程度には免疫がついている。

「チュニジアに行くとして、十一月現在日本との時差はマイナス八時間だ」

「……じゃあ……午前二時半か。丑三つ時ってやつだな」

「おまえもだんだん賢くなってきたな」

ベレトは唇の端を上げ、面白そうに泰幸を見る。

「以前はイグアスの滝がどこにあるかもあやふやだったくせに」

「よけいなお世話だ。あんたはいつも一言多いんだよっ」

泰幸は無知を晒したときの痛い記憶を突かれ、ばつの悪さにむくれた。

「もうあんなふうに滝の中にボートで突っ込んでいくような観光には付き合わないからな！」

「真夜中の砂漠でそれはない」

ベレトは切って捨てるようなそっけなさで言い、「来い」と顎をしゃくって泰幸を窓辺に呼び寄せた。

強引だが無理強いはしない。ベレトは確かに契約を忠実に守っていた。

「おまえのほうはどうだ。なにか新しい望みは思いついたか？」

泰幸の顎に指をかけて擡《もた》げた顔をひたと見据えてベレトが聞いてくる。

「そのうち思いつくさ」

ぶっきらぼうに答えながらも、泰幸は自分の言葉をあまり信じていなかった。欲しいもの、してみたいこと、叶えたいこと、いずれもピンとこない。珍しい体験はベレトが率先してさせてくれている。これ以上何があるだろう。

アフリカ大陸の三分の一の面積を占め、十一カ国にも跨《また》がる世界最大の砂漠に、ベレトは泰幸を瞬きする間に連れていく。

飛ぶときの感覚は、泰幸に全身が痺れるような恍惚をもたらす。

それはおそらく、行った先で思う存分貪《むさぼ》られ、何度となく意識をなくしてしまうほど感じさせられるのを知っていて、期待するからだ。

ベレトに抱かれるときは暑さも寒さも関係ない。

ただ悦楽に喘《あえ》がされるばかりである。

窓辺から下りたベレトに抱き寄せられ、泰幸は目を閉じた。

そのときにはもう、誰だかわからない男に狙われていると聞いて湧かせた不安は、どこかに押しやられていた。

＊

いつもいつも不思議なのは、泰幸の感覚的には瞬きするほどの間しか経っていないはずなのに、目を開くと、なんの違和感もなく旅の途中に収まってしまっていることだ。

突然時空を超えて瞬間移動したというのとは違い、うたた寝から覚めて今いる現実にすんなりとまた戻ったような、とでもいえばいいだろうか。

はっとして目を開けると、ヒトコブラクダの背に乗ってゆさゆさと揺られていた。

後ろにはベレトがいて、泰幸はベレトの逞しい胸板に背中をぴったりくっつけている。身に着けているのは民族衣装ふうの上下だ。

辺りは静けささえも何かの音のような錯覚に陥りそうな深閑とした砂丘だ。空には満天の星と半分欠けた月がくっきりと浮かんでいる。明かりらしい明かりもないのに昼間のように周りの様子が見えるのは、ベレトの特異な目を通したヴィジョンを泰幸にも共有させてくれているためだろう。ヴィジョンの共有という言葉は、いつだったかサガンから聞いた。さも面倒くさそうに溜息をつきながら教えてくれたのだ。

人っ子一人いない砂丘を、ラクダは慣れた足取りでゆっさゆっさと進んでいく。

まるで地球ではないどこか知らない惑星に来たようだ、と泰幸は思った。

どこへ向かっているのか、行けば何があるのか、想像もつかない。

ラクダは静かに脚を運び続けるばかりで、ブヒとも鳴かないし、鼻息すら聞こえない。ベレト一言も発しなかった。

　ねぇ、と声をかけようとして口を開きかけたが、あまりの静寂に、自分の声を聞くのも恐ろしくなって、躊躇《ためら》った。言葉を発した先からこの広すぎる無音の空間に吸い込まれていくようで、喋ってはいけないのではないかという気がしたのだ。

　背後から伸ばされてきた手が、青い上衣の裾を捲り上げてきた。

　あっ、と身動《みじろ》ぎしたときには胸板をまさぐられ、乳首を探し当てられていた。

　摘まれ、やわやわと指の腹に挟んで擦られる。

　ん、んっ、と泰幸は唇を開いて声なき声で喘いだ。

　相変わらず敏感だな、とベレトに揶揄《やゆ》される。ベレトは泰幸の体をしっかり抱いて、地面から二メートル以上高さがあろうかというラクダの瘤《こぶ》の上から、バランスを崩して転がり落ちないようにしてくれていた。

　ベレトの悪戯《いたずら》な指は泰幸の感じやすい部分をあちこちまさぐり、官能を高めていく。

　うなじに歯を立てられる痛みに気を取られた隙に、濡れた指が剝《む》き出しにされた尻の間に潜り込んでいて、キュッと窄《すぼ》んだ秘部の襞《ひだ》をこじ開けられた。

　腰を浮かした覚えもないのに、ベレトの指は関係なくやりたいことをやる。

　ずぷっ、と卑猥な水音が耳朶《じだ》を打ち、二本揃えられたベレトの長い指が泰幸の狭い筒を下から押し開いて挿《はい》り込んできた。

ヒイイッと今度は嬌声が口を衝く。

実際に声になったのかどうかすら泰幸は知覚できなかった。感覚が正常に働かない夢の中でベレトにいやらしいことをされているようだった。

ラクダの歩調に合わせて指を動かされ、泰幸は嬌声を上げ、啜り泣いた。

入り口に近い、比較的浅い部分にある凝りを指先で強く押されると、惑乱しそうなほどの快感が背筋を這《は》い上がってくる。

もっと、と泰幸ははしたなく尻を振った。

さんざん中を掻き回した指が荒々しく抜き去られ、襞が窄みきらないうちに待ち兼ねていたベレト自身を穿《うが》たれる。

ラクダが、いきなり嘶《いなな》いた。

それを合図にしたかのごとく猛々しい昂りがズンと最奥まで突き入れられた。

あろうことか、ラクダはそのまま月明かりに照らされた幻想的な砂丘を駆けだした。

ラクダの容赦ない動きに、泰幸の腰もベレトの腰もひっきりなしに跳ね、中をベレトのものでめちゃくちゃに蹂躙《じゅうりん》される。

あまりの快感に何度も意識が遠のきかけた。

本気で死ぬかと思って泣き喚《わめ》き、許して、抜いて、とベレトに哀願した。

ベレトは強烈にセクシーな声で「だめだ」と泰幸の頭に囁《ささや》きかけ、首筋に牙を埋めてきた。

こうやって感じている最中の泰幸の精気を吸うのがたまらなくいい、とベレトはうっとりした調子で言う。

牙を埋めることで泰幸の体にも媚薬を注いでいるようだ。

途中から泰幸は完全に気を失ってしまっていた。

「まだ寝かせない」

次にベレトの声で目覚めさせられたときには、さらさらとした細かい砂の上に直接押し倒されていた。

一糸纏《まと》わぬ姿でベレトに抱かれている。

「は、入ったら、痛いだろ……！」

砂のついた陰茎を挿入されたときの痛みを想像して嫌がると、ベレトは余裕に満ちた笑みを刷き、「俺がそんなひどいまねをすると思うのか」と優しく宥《なだ》めてきた。

「心配はいらない」

泰幸を包むのはベレトの温もりとムスクのような官能を擽《くすぐ》る匂いだった。

今夜のシーツは確かに砂だったが、心地よく肌に触れてくるだけで、入ってきて欲しくないところには一粒たりとも紛れ込まない。そのうち泰幸はここが砂漠の真ん中だということを意識しなくなった。

抽挿《ちゅうそう》されるたびにあられもない悲鳴と嬌声を交互に上げ続けた。ラクダの背に乗っていた間は喉《のど》が塞がれたかのように声が出なかったが、その感覚はもう消えていた。

緩急つけた巧みな抜き差しに翻弄《ほんろう》され、泣きながら達した。

勢いよく放った白濁が胸元まで飛ぶ。

ベレトはそれを泰幸の尖った乳首に擦りつけ、口に含んで舐《な》めしゃぶり、美味だと言って辱めた。

前から、後ろから、横からと、ありとあらゆる体位を試し、そのたびに達《い》かされる。

ベレトも欲情が尽きない様子で夥《おびただ》しい量の精子を泰幸の中に注ぎ込む。

下の口ばかりでなく、上の口も使われた。

喉の奥まで陰茎を含まされ、口腔同様に抽挿する。

苦しさにえずきながらも泰幸はベレトの恍惚とした顔を見たさに耐えた。

自分ばかりが感じさせられるのではなく、ベレトも気持ちよくなっているのだとわかると、それだけで心も体も昂揚する。

「おまえはこれが好きだな」

ズッズッと頑健な腰を尻に打ちつけつつベレトが満悦した顔で言う。

セックスは好きだ。

だが、それよりもっと好きなのは、ベレトとこうして繋がっていること自体かもしれないと不意に思いつく。

他の誰でもない、この男が欲しいのだと感じたのは、はじめてのような気がした。

＊

十一月もあと数日を残すのみとなったある日、エプロンを着けたサガンが書斎の扉をノックして、「お茶、飲みますか」と愛想のかけらもなく声をかけに来た。

インターネットを閲覧中だった泰幸は上の空で「ああ」と返事をし、五分経ってもまだぐずぐずとマウスを動かしていたのだが、そのうち背中に殺気を感じだしたので、デスクを離れてリビングに行った。

「あれ？　あいつは？」

ベレトの姿が見当たらないので聞くと、サガンはツンと澄ました顔のまま、

「気まぐれな御方ですから」

と、返事にもならない返事をする。

相変わらずサガンには嫌われているようで、とりつく島もない。そんなに俺が殿下と仲睦まじいのが気に入らないのかよ、と文句の一つも言いたいが、虫の居所を悪くされると絶品料理を食べさせてもらえなくなるので堪えている。サガンは家事全般を完璧にこなすのだが、特に料理はプロ顔負けの腕前だ。それもこれもベレトが快適に過ごせるようにするための計らいであって、泰幸にはついででサービスしているだけなのは聞かなくともわかる。

こいつは間違いなくベレトに惚れているよな、などとうっかり考えていたら、たちまちジロリと牽制のまなざしで睨《にら》まれた。近頃ベレトはとんと泰幸の心を読まなくなったので、つい油断していた。サガンは常に無遠慮なのだ。

「本当のところ、どうなんだよ？」

開き直って聞いてみる。サガンと二人きりで話す機会などそうそうない。どこを飛び回っているのか知らないが、ベレトがすぐには戻ってこなそうなのは、サガンがお茶を二人分しか用意していないことから推測できた。

「なんの話でしょう」

「しらばっくれるなよ。あんたも本当は殿下に抱かれたいんじゃないのかって聞いてんの」

「べつに」

サガンの整いきった冷たい美貌はなんの変化も見せないが、言葉数少ない返事に内心の動揺が表れている気がして、図星だなと泰幸は溜飲を下げた。

「今度3Pしてみる?」

「結構です」

間髪《かんはつ》容《い》れずに突っぱねられても泰幸はめげず、かえって嬉々とした気分になってきた。冷静沈着で可愛げのかけらもないサガンが、いかにも迷惑そうな顔をしている。それを見ただけで日頃感じている鬱憤《うっぷん》が晴れてきた。

「あんたとあいつ、どっちが年上なの?」

「なぜそのようなつまらないことをお聞きになるのでしょう。あなたには関係ないことかと思いますが」

早くもサガンは気を取り直し、木で鼻を括るような返事をする。

泰幸は「なんでかな」と肩を竦《すく》め、じっとサガンの目を見つめた。

サガンはピクッと頬肉を引き攣《つ》らせ、気圧されたように睫毛を揺らして視線を逸らす。こんな弱気な反応ははじめてだ。ずっと泰幸を見下し、慇懃《いんぎん》無礼な態度をとってきた彼らしくない。サガン自身、戸惑っているのが察せられる。

珍しいこともあるものだと思いつつ、泰幸は続けた。

「あんたのことも知っておきたくなった。あんたを知ることは、ベレトを知ることにもなる気がしてさ。あんたはずっと長いことあいつといるんだろ。あいつが追放処分にされても従っているくらいなんだから」

「ええ、そうですね。ずっとお側にいます」

サガンは過去を反芻《はんすう》するかのように目を細くした。声にぐっと柔らかみが出る。

「生まれたのは私が先です。たぶん、四十年か五十年。我々にとってはたいした差ではありません」

ふうん、と泰幸は興味深く相槌《あいづち》を打つ。その気になればこのお高くとまった従者とも普通に話ができるのだとわかり、ちょっと嬉しかった。鼻につく言動ばかりする男だが、嫌いではないとあらためて思う。ベレトがサガンを信頼し、従者として大切に考えているのが日頃から伝わってくるだけに、泰幸も理解したいと思うのかもしれない。

「ベレト様は夜には戻られますよ」

唐突にサガンが言った。

えっ、と虚を衝かれた泰幸が目を瞬かせると、サガンはいかにも今のは失言だったとばかりに小さく咳払いをした。そして、サッと優雅に手を一振りし、いつのまにか両手に持ったケーキ箱をガラス製のセンターテーブルの真ん中に慎重に載せた。

「どうぞ。開けてご覧になってください」

サガンに言われ、なんだろうと訝りながらリボンを解いて箱の蓋を開ける。

収まっていたのはホールケーキだった。黒々としたザッハ・トルテ。サガンの手作りに違いない。サガンにとっては、人の手で作られた食べ物を店で買うのは、邪道以外のなにものでもないようなのだ。

「これって、もしかして？」

「どうぞ」

サガンは泰幸の目に驚喜が浮かんでいることに気づいたはずだが、無視してティーカップに紅茶を注いで泰幸に差し出す。サガンは、面と向かって泰幸に感謝されたり、喜ばれたりするのが苦手のようだ。どういう顔をすればいいのかわからないふうで、ぎこちなくなる。

「誕生日なんて正直忘れてたな」

ただのケーキでないことはサガンの態度を見れば明らかだったので、泰幸は勝手に納得して独りごちた。

だからサガンはわざわざベレトは今夜ちゃんと泰幸の許に来ると言ったのか、と重ねて腑《ふ》に落ち、嬉しさが膨らんだ。

ここでサガンにありがとうと礼を述べても、実は照れ屋で天の邪鬼らしい彼はいっそう気まずさを覚えるだけだろうと気を回し、泰幸はあえて何も言わないでおくことに決めた。口にするまでもなく、泰幸の思いはサガンに通じているだろう。

手際よくケーキを切り分けるサガンの手元を感心して見守りつつ、泰幸は遅ればせながら気になった。

「あいつを待って切ったほうがよかったんじゃないのか」

「ベレト様は最近体重が増えたことを憂慮しておいでです。これは私とあなたで始末するようにと言いつかっております」

「始末って。あんた言葉の選び方ときどきおかしいから」

「よけいなお世話です」

「べつに、ベレトそんなに体型変わってないと思うけどなぁ」

サガンが目くじらを立てるとあとが厄介そうだったので、泰幸はさっさと話を戻した。

「気になる相手の前では一番いい状態の自分を見せておきたい、ということではないですか」

しらけたように淡々と言ってから、サガンは牽制するように泰幸を見た。

「一般論ですよ」

「な、なんだよ。わかってるよ、そのくらい」

ベレトが泰幸を契約者以上の意味合いで気にするとは思えない。態度は横柄だが扱いは優しく、たまに恋人といるような錯覚を起こしそうになるが、そんなはずはないだろうと己に言い聞かせている。

「だけど不思議だな。ベレトってなんでもできるのに、自分の肉体は好きに作れないのか」

「ですから、冗談です」

「はあっ？　どっからどこまでが冗談なんだよ。あんたわかりにくすぎるよ」

「なんとでも」

サガンは悪びれたふうもなくツンとする。

こいつ、とむかついたが、お手製のチョコレートケーキはそんな泰幸をも黙らせるくらい絶品だった。

一切れあっという間に平らげると、サガンは欠食児童を見るような目を泰幸に向けてから、まんざらでもなさそうに二切れ目を取り分けてくれた。ミントのハーブティーがまた美味しく、チョコレートケーキとの相性が抜群で、サガン自身はいろいろと難のある男だが、こうして世話を焼いてもらえるのはありがたいと認めざるを得ない。

「あまりあの方を惑わせないでください」

「え？」

サガンは二度は言いたくないとばかりに「なんでもありません」とそっぽを向く。

泰幸は納得できなかった。

惑わされているのは俺のほうだ、と反論したくなる。

契約を交わした当初は二日に一度は押し倒されていたのが、徐々に間遠になってきて、最近では週に一、二度にまで減っている。もともとベレトは移り気で、特定の相手と長続きしたことがないらしいので、いよいよ自分も飽きられだしたかと感じていた。まぁこんなことだろうと思っていたが、正直言って寂しさもある。

相手が人間でなくても情は移るのだ。なんでも見通せる能力を持つ相手に隠しごとはできない。開き直って最初から本音をぶつけていったので、特に心を通わせやすかった気がする。

「あいつは……今、俺以外のやつともやってるんだろ？」

前から一度確かめたかったことを、この際だったので思い切ってサガンに聞いてみた。

サガンは苛立ちを露にした剣呑な目つきで泰幸を流し見た。

「存じません」

突っ慳貪に返される。抜け目のない従者のあんたが知らないわけないだろう、と追及したかったが、サガンは明らかにこれ以上この話題には触れられたくなさそうにしていた。主のプライバシーに関することをおいそれと明かすわけにはいかないということか。

「あいつさ、今みたいなペースで足りてるの？」

本当は泰幸が一番気になっているのはこのことだった。二日に一度精気を吸われるのは負担でつらかったが、今みたいに頻度が下がると、逆にベレトの体が心配になる。泰幸の目にはベレトは痩せも太りもしていないように見えるのだが、精気が足りているのかどうかと体型は別の問題かもしれない。

「……あなたが何もねだらないから、ベレト様も遠慮しておいでなのではないですか」

サガンは先ほどに比べるとぐっと穏やかな口調になる。遠回しに、やはり足りてはいないのだと言われたようだ。泰幸はいささか心外だった。

「遠慮してるわけじゃない。思いつかないだけだ。ベレトだってわかってるはずだ」

「欲望すらない人間なんて本当につまらないものですね。ベレト様のお気が知れません」

泰幸がちょっとでも喧嘩腰になると、サガンも負けじと対抗心を剥き出しにする。いつもの嫌味たっぷりな調子に戻ったサガンは、わざとらしく溜息までついた。

「それに、あなた、先日倒れたでしょう。そんな痩せているから体力がないんですよ。スポーツクラブに入会しているのも格好だけのようですし。それではベレト様のお役に立つはずもない。さっさと愛想を尽かしておしまいになればいいものを」

本人を前にして容赦なくズケズケと言うサガンに泰幸はムッとしたが、絡んでも神経を磨り減らすだけだと不満を抑え、やり過ごした。陰口を叩かれるよりはましだし、裏表がないのはわかりやすくて助かる。四日ほど前、貧血で倒れ、ベレトに「大丈夫か」と心配されたのも事実だ。前の晩、一週間ぶりにベレトと交わって、悦楽に溺《おぼ》れすぎてやり過ぎてしまったからだとは思うが、そうなってしまったのは決してベレトだけのせいではなかった。泰幸からもしつこく求めたのだ。

叶えてもらいたい願望と言われても、と考え込んでしまう。

精気を分ける代わりに希望を叶える、確かにそういう契約だったが、いざ挙げようとするとこれといって思いつかない。翼は見せてもらった。一度きりのことではなく、抱かれている最中に何度も見ている。ベレトは昂揚するとあの堂々とした見事な黒い翼を、畳んで隠しておけなくなったかのごとくグググッと広げるのだ。船が帆を張るように大きな翼が左右に開いていく様は壮観だ。目の当たりにすると背筋が感動に震え、厳かな気持ちにさえなる。翼を広げながらブルッと胴震いして喘ぐベレトは雄々しく美しい。あれ以上に見たいものなど、今は思いつけない。

ベレトは悪魔みたいにしているくせに意外と律儀で思いやりがある。悪魔が契約に縛られた存在だということ自体は、小説や映画などでしばしばそういう描かれ方をしているため違和感はない。だが、もし契約せずに行き当たりばったりに襲うやり方もあるのなら、なぜ泰幸にもそうしなかったのか、ベレトの意図は謎だ。

面倒なだけだろうに。気まぐれを起こしたに過ぎなかったとすれば、今頃後悔しているかもしれない。このところやたらと一人で出歩くのは、泰幸以外にも何人か契約した相手がいるからかもしれない。もしくは、気楽にその場限りの関係を楽しんで満足しているのか。

考えれば考えるほど憂鬱《ゆううつ》になってきた。

サガンにお茶とケーキの礼を言い、書斎に引き返してみると、充電器に繋いでいた携帯電話に一件メールが着信していた。

『山藤《やまふじ》 豊《ゆたか》です』

件名に記された差出人を見た泰幸は、まさか、と息を呑んだ。

震える指でパネルを押し、メールを開く。

内容を読むと、偶然の一致や誰かの悪戯《いたずら》などではなく、間違いなくあの山藤豊からだとはっきりした。今からちょうど三年前、傷害致死罪で二年半の懲役刑を受けて服役した、元恋人の山藤だ。なぜこのアドレスを知っているのか疑問だったが、それは本文中に記されていた。

『このアドレスは日吉陸郎《ろくろう》という男から聞いた。彼がきみの友人だと知り、どうしても連絡がとりたいので教えてくれと頼み込んだ。勝手なことをして悪かったが、勘弁してほしい』

山藤は日吉と泰幸のマンションの前で何度か顔を合わせていて、よく会うなと意識していたところ、つい先日、日吉から声をかけられて話をした、と面識ができた経緯にも触れていた。

以前日吉が言っていたストーカー男の話が頭に浮かぶ。

二十代半ばか三十前かそこいらの、くたびれた身形をした陰気な顔つきの男——確か日吉はそんなふうに表現した。大学時代に付き合っていたときの山藤は、快活で潑剌《はつらつ》としたスポーツマンタイプの男で、顔も体つきもそこそこよかった。田舎育ちらしい木訥《ぼくとつ》さはあったが、のびのびとまっすぐに育った好青年という印象で、陰気という感じはまったくしなかった。しかし、刑務所に服役してからの山藤がそんなふうに変わったとしても、それほど意外ではない。

薄情ながら泰幸は山藤がいつ出所するのか気にかけてもいなかった。裁判で罪が確定する頃にはすでに縁を切ったつもりでいたため、噂話ですら極力耳に入れないようにしていたのだ。

今さらなんのつもりだ、と迷惑な気持ちが先に立つ。

泰幸にとって山藤は前科者である以上に、女と二股かけていた不実な裏切り者だ。二度と会う気はなかった。言い訳など聞いたところで何の意味もない、古傷を抉《えぐ》るはめになるのが関の山だろう。

『きみに現在恋人がいるのは知っている。ヨリを戻したいなどとは僕も思っていない。ただ、きみにぜひ聞いてほしい話があって、ストーカーじみたまねまでしていた。最初は、マンションから出てきたところを待ち伏せして声をかけるつもりだったんだが、いざとなったら勇気がなくてだめだった。そうこうするうちに、たまたま日吉とマンションの近くで擦れ違い、会釈して通り過ぎようとしたら、向こうから呼び止められた』

それで話をして、泰幸のことをいろいろ聞いたらしい。

でも、俺は会わない。会う義理も理由もない。

泰幸は頑《かたく》なに心に決めていたつもりだったが、

『過去を清算して人生をやり直すためにも、きみときちんと話がしたい。迷惑は承知だが、知っておいてほしい事実がある。きみの父上が僕にしたことだ』

という一連の文章が引っかかった。

泰幸の父親が現職の国会議員、矢作《やはぎ》隆太郎《りゅうたろう》だというのは、ごく少数の人間しか知らない極秘事項だ。泰幸は表向き母親の婚外子として扱われており、父親はいないことになっている。にもかかわらず、山藤が「父上」と書いてきたのはなにゆえなのか。しかも、含みのある書き方からして泰幸の父が矢作だと承知しているようだ。放っておくとまずいことになりそうな嫌な予感がした。

できれば会いたくない。会いたくないが、このままメールを無視して放っておくのも気になる。父が山藤に何をしたというのか。しかも、それをわざわざ泰幸に聞かせたがっているところからして、泰幸にも関係のあることなのだろう。

矢作隆太郎のことだから、いざとなったら裏でどんな汚い手段が使われたとしても驚かない。

自分の利益を守るためにはいくらでも非情になる男だ。政敵の蹴落とし方の阿漕《あこぎ》さも母親から聞いており、胸糞が悪くなったことがある。

『よかったら返事をくれ。会うのは一度だけだと約束する。実は僕は近々海外に行くことになっている。できれば今日か明日にでも時間を作ってもらえないだろうか』

どうするべきか泰幸は激しく迷った。

山藤の逮捕という尋常ではない形で別れ、山藤自身とは何も話さぬまま三年の月日が経った。突然の出来事に泰幸は呆然となって、勾留中の山藤に友人として面会しさえしなかった。一番の理由は、会うのが怖かったからだ。山藤はずっと無実を主張していたが、泰幸は彼の言い分を頭から信じて励ましてやれる自信がなかった。そんな薄情な自分を山藤に見せられないと思ったのだ。

今さら会ってどうするという気持ちと、いっそこの機会に会って、山藤との過去に完全にけりをつけてすっきりしたほうがいいのではという気持ちが鬩《せめ》ぎ合う。

しばらく逡巡《しゅんじゅん》して、泰幸は意を決した。

やはり、会おう。

近々海外に行くという一言が泰幸の背中を押した。それならば、いよいよ後腐れがなさそうだし、これから先の人生をやり直そうとしている山藤へのせめてものはなむけになればいいと思った。

会うなら早いほうがいい。

泰幸はきゅっと唇を嚙み締め、相手の携帯アドレスに返信した。

『メール見ました。今からでよかったら会います。できればうちの近くまで来てもらえたら助かります』

三年ぶりのメールはぎこちなくなった。どんな言葉遣いをしていいかも悩む。

折り返しすぐに返事が来た。

『ありがとう。会って話ができるだけで嬉しい』

はじめに寄越したメールとは打って変わり、砕けた短い文章が届く。きっと三年ぶりのメールを打つときには、山藤も恐ろしく緊張したに違いない。何度も打っては消し、慎重に一語一句考えて綴《つづ》ったのであろうことは想像に難くない。

無視しなくてよかったとあらためて思った。山藤に裏切られたショックや痛手は泰幸の中ですでに風化しており、今はなんの感慨も抱いていないのだということも再確認できた。会っても感情的になりはしないだろう。

待ち合わせは一時間後に六本木のパブ喫茶で、と指定されていた。

地図で確かめると、大通りから逸れた脇道の、狭い路地が入り組んだ一画にある店だ。

三時から会えば夕方には帰宅できる。夜はベレトと過ごすために体を空けておきたかった。

久々に山藤に会うと決まってにわかに緊張してきた。

早めに店に着くようにして、心を落ち着かせて山藤と向き合おうと、マンションを出た。

用のないときは姿を消しているサガンは、そのときすでにいなかった。

＊

わかりにくい場所にあったが、約束の十五分前には店に辿り着けた。

建物の端にある急な階段を下りたところにある、昼間でも薄暗くて寂れた印象の店で、ペンキの剝《は》げかけた安っぽいドアを開けるとき、少なからず躊躇《ちゅうちょ》した。

店内は狭かった。天井が低く照明が暗めで、まるで穴蔵のようだ。カウンターに七席、フロアに小さなテーブルが四つある。客は誰もおらず、開店休業中といった雰囲気だった。

泰幸が入っていくと、カウンター横のキッチンスペースと思しき場所から、無愛想な顔つきの男がぬっと現れた。中肉中背で頭は坊主、季節感を無視した半袖のポロシャツから剝き出しになった腕は筋肉隆々としていて、硬派な印象だ。

泰幸はカウンターからできるだけ離れた場所に据えられたテーブル席に座り、ブレンドコーヒーを注文した。

店は坊主頭が一人で切り盛りしているようだ。

コーヒーの芳香が漂ってくると喫茶店らしさがいくらか増したが、がさつな手つきで淹れ立てのブレンドを黙って泰幸に出すと、男はまた奥に引っ込んでしまった。

奥でどこかに電話をし始めた男の声が洩れ聞こえてきて、やる気のない、感じの悪い店だなと思った。おそらく昼間はなんとなく開けているだけで、夕方から深夜にかけてのパブ営業が主体なのだろう。

待ち合わせ場所に先に来て腰を落ち着けたことで、気持ちに余裕ができてきた。

酸味の強いブレンドコーヒーを飲みつつ、ちらちらと腕に嵌《は》めた時計に視線を落とす。

それから五分ほど経った頃、二人連れの男客が入ってきて、カウンターに座った。常連客らしく、マスターと何事かボソボソ会話していた。チラリと視線を向けたところ、泰幸にはニコリともしなかったマスターが歯を見せて笑っていた。

あいつ、まだこないのか。もう約束の時間を過ぎたぞ。いい加減焦れったくなりだしたとき、ようやく山藤が現れた。

三年ぶりだというのを差し引いたとしても、おそらく街中でいきなり声をかけられていたら泰幸には誰だか思い出すのに相当時間がかかっただろう。そのくらい山藤は変貌していた。貧相な身形をした陰気な男という日吉の表現は、的を射ていると言わざるを得ない。昔と比べると体重が十キロ以上落ちたのではないかと思うほど痩せている。顔の輪郭がもっと丸かった気がするのだが、今は顎骨が目立って角張って見える。豊かだった頬肉が削げたせいか、目は少し大きくなったように感じられた。

全体的に暗く陰気な雰囲気で、実際の年齢よりも五つくらい歳をとって見える。泰幸と同じ歳だと初対面でわかる者は少なそうだ。

苦労が刻み込まれたような、疲れた顔を一目見て、泰幸はギュッと心臓を摑み上げられた心地がした。不健康に灼けた赤土色の肌に、濁った魚のような目、黒ずんだ爪。埃《ほこり》っぽい作業ズボンに長袖のTシャツ姿で、学生時代の面影は皆無と言ってよかった。

想像以上に変わってしまった山藤を前に、泰幸は衝撃を受け、咄嗟《とっさ》に言葉が出てこない。

「久しぶりだな」

山藤は声まで別人のようだった。喉が潰れたような、嗄《か》れた声。

ふと、泰幸はこの声に聞き覚えがあることを思い出す。

「……もしかして、半年くらい前、携帯に電話をくれた……？」

「ああ、したよ」

やっぱり記憶違いではなかった。

急に泰幸は、テーブルの向かいにドサッと腰を下ろした山藤の印象が、つい先ほど受けたばかりのそれと変わった気がして、戸惑った。壁に肩を預けて背凭《せもた》れに片腕を回し、テーブルの横に脚を投げ出して行儀の悪い座り方をする。そして、ズボンのポケットからぐしゃりと潰れたタバコを出し、泰幸に断りもなく火をつけた。荒くれた連中の仲間入りをしたような柄の悪さで、知らない男を見るようだった。

「マスター、バーボンをロックで」

山藤はわざと泰幸の顔にタバコの煙を吹きかけると、慣れた様子でカウンターを振り向きもせずにオーダーした。昼間から飲むつもりらしい。

泰幸は早くもここに来たことを後悔し始めていた。

メールの文面を読んだ段階では、山藤は下手に出ていて、会うも会わないも決めるのは泰幸で、自分は恋人に裏切られて傷つけられた被害者のつもりだった。しかし、山藤と実際に顔を合わせ、横柄そのものの態度を見ると、とんでもない勘違いをしていた気がしてならない。

「話ってなに？」

一刻も早く切り上げて帰りたい気持ちに駆られ、泰幸は表情を強張《こわば》らせて本題に入るよう促した。

山藤は泰幸にまったくいい感情を持っていない。自分は恨み、憎まれている。

遅ればせながらそのことに気がついた。

だが、それがなぜなのかは、山藤の口から聞かなくてはわからない。泰幸はつい今し方まで三年前の事件に自分がかかわっているという認識は露ほども持っていなかったのだ。せいぜい、最後まで信じてやらなかった負い目があるくらいだが、もし山藤がそのことを怒っているのだとすれば、逆恨みだと呆れるほかない。

「まぁ、待てよ。まずは乾杯といこうぜ。せっかく再会できたんだ」

口調も荒っぽく、とても一人称で僕などとは言いそうにない感じで、泰幸はますます不穏な心地になってきた。メールの文章は明らかに本性を隠して泰幸をおびき出すためのものだったと思われる。

泰幸は目だけ動かし、あらためて店内の様子を窺《うかが》った。

出入り口は一つしかなく、ここは地下だ。トイレにも当然窓などない。カウンターには常連客ふうの男が二人と屈強そうな体躯をしたマスターがいる。万一のとき助けを求められそうな人間はいなそうだ。最悪、ここにいる泰幸以外の全員がグルだったらと邪推すると、ゾッとした。まさかそれはないだろう、と悲観するのはやめて心を落ち着かせる。

マスターはバーボン入りのロックグラスを二つテーブルに置いていった。

「奢《おご》りだ。ほら、泰幸。乾杯」

有無を言わさぬ目つきでグラスを持たされる。

カチッとグラスを触れさせ、泰幸は形ばかりにバーボンに口をつけた。めったに飲まないため味などわからなかったが、あまり上等の酒ではなさそうだと思った。舌に妙な苦みが残る。

「俺、夕方までには帰らないといけないんだ」

長居はできないとあらかじめきっぱり釘を刺しておく。

泰幸には山藤の意図がまるっきり見えてこず、不気味だった。半年前、名乗りもせずに電話を切った声がまざまざと記憶に甦る。今考えてみても不審極まりない電話だった。しかも、山藤は日吉に聞くまでもなく泰幸が携帯電話の番号を変えていないことを知っていたのだ。当然、マンションに引き続き住んでいることもすぐに確認したのだろう。それにもかかわらず日吉とわざわざ接触したのはなぜなのか。声をかけたのは日吉のほうからだったというが、そうするように山藤が仕向けなかったとは言い切れない。日吉は単純な男だ。本人は利用しているつもりでも、相手から逆に利用されていたというケースがしばしばあって、おめでたいことに本人は指摘されるまでそれに気づかない。山藤のほうが頭の回転が速く、機転も利きそうだ。

やはり、下手に出たメールの文面で安心させておき、泰幸をこの店におびき出したのではないか。泰幸は悪いほうに悪いほうに考えずにはいられなくなってきた。

「俺の父親がどうとかって、なんの話だ？」

それさえ聞けば少しは話が見えてくるかもしれない。泰幸はジリジリしながら山藤が口を開くのを待った。

「おまえ、本当に何も知らなかったのか?」

逆に山藤に聞き返される。剣呑なまなざし、信じがたいと言わんばかりの口振りで、身に覚えはなかったが心臓がドキリとした。

「知らない。俺は、父親とはまともに話をしたこともないんだ。伝書鳩みたいに一方的に父親の言葉を伝える秘書を間に介して、用があるときだけ何か言ってくるくらいで……」

飲む気はなかったが、気がつくと何度もグラスを口に運んでいた。言葉に詰まるたび、唇を湿らせて間合いを持たせる。居心地の悪さを紛らわせるためにすることが、ほかになかった。

「そもそも、山藤はなんで俺の父親を知っているんだ?」

泰幸の父親については、日吉も何も知らないはずだ。はったりの可能性もあると考え、泰幸は慎重になった。こちらからうっかり名前を出しては相手の思うつぼかもしれない。

「俺は矢作隆太郎に嵌められて、仮釈放になるまでの二年と二ヶ月の間、謂《い》われのない塀の中での暮らしを強いられたからだよ」

「嵌められた?」

まさか、と泰幸は目を瞠《みは》った。

この期に及んで山藤がまだ無罪を主張しようとしているのだとは、考えもしなかった。

「何を言っているんだ。おまえ、自分がやりましたって最後は認めたんだろう？」

「認めるしかなかったんだよ。弁護士に言われてな。そうしないと、もっと刑期が長くなると脅された」

言い募る山藤の語調が次第に興奮を帯びてくる。

泰幸は信じがたいことを聞かされ、頭が混乱しきっており、何も考えられない状態だった。おまけに、グラス半分まで減らしてしまったバーボンがさっそく回りだしたのか、頭の芯がクラクラしてき始めている。

ときどき頭が真っ白になり、そこだけ声が遠くなる。

すぐにまた視覚と聴覚が戻ってきて意識がはっきりするのだが、しばらくするとまた同じ症状に見舞われる。その間隔が徐々に短くなってきていた。

「おまえの父親は相当な暴君だ。あの事件の二ヶ月ほど前、俺はおまえの言う伝書鳩に呼び出された。百万円入りの封筒を見せられて、これでおまえと手を切れと言われたんだ。そのときは、さる御方の意向で、としか聞かされなかったが、出所後に調べたら伝書鳩が矢作のところの秘書だとわかった」

そこからは山藤の独壇場だった。いっきに湧いてきた憤懣《ふんまん》をぶちまけるかのごとく、一方的に喋り続ける。

「俺は何も知らずにおまえという隠し子のお坊ちゃんと付き合って、しかも絶対に別れないと金を撥ねつけ、矢作の不興を買った。それだけなら、いくら矢作が悪党でも、俺を冤罪《えんざい》に陥れて刑務所行きにさせるために人一人殺すほど危険なまねを犯すはずがない。隠し子の存在がばれて、しかもそいつに同性の恋人がいると世間に知られたら、クリーンなイメージで売ってい る政治家としていろいろまずいのは確かだろうが、そこまでするとは思えない。俺はどうして も、なぜこの俺がこんな目に遭ったのか理由が知りたくて、調べに調べた。伝書鳩の主が矢作だとわかってからは芋蔓《いもづる》式だったよ。俺は矢作に利用されたんだ。あいつが本当に始末したかったのは、環境汚染問題の研究を通じて業者と政治家の癒着にメスを入れようとしていた相模《さがみ》准教授だったんだ。ヤクザ顔負けの遣り口だろ」

「ちょっと、待て……気分が……」

なにもかもはじめて聞く話で、泰幸は頭がついていかなかった。その上、吐き気と頭痛が激しくなってきて、堪らず山藤の話を遮った。

「おまえ、日吉とつるんで美人局なんかしてやがったそうだな。浅野組の連中が焼き入れようと、隙あらば狙っているのを知ってたか。やつら、まだ諦めちゃいないんだぜ」

浅野組……? ああ、あのときのチンピラどもか。あれ以来泰幸の身辺では何事も起きておらず、普段は思い出すこともない。とうに諦めたのかと思っていたが、もしかするとベレトが陰ながら守ってくれているから手出しされずにすんでいただけなのか。

そう考えている間にも、頭痛がどんどんひどくなる。

全身にドッと汗が噴き出してきた。

これは、何か盛られたな。

さすがにおかしいと気がついた。

汗が目に入って霞んで痛む視界に飲みかけのグラスがぼんやりと映る。

しまった、と思ったときにはもう遅かった。

目の前が真っ暗になり、泰幸はグラリと体を傾がせ、テーブルに突っ伏していた。

＊

全身をぐるぐる巻きにされたまま海に放り込まれる夢を見た。

いくらなんでも、あんまりだ。たかが美人局をしてシマを二、三度荒らしたくらいで、ここまで大袈裟なことをするか、普通――！

ガンガン喚き立てて、どうにか翻意させようとするが、以前にも泰幸を追い詰めた三人組は残忍そうな冷笑を浮かべるばかりで聞く耳を持たない。

今にして思えば、あのときカウンターにいた二人がおそらく三人のうちの二人だったに違いない。顔さえ見ていればもっと早く気づいたかもしれないのにと悔やむ一方、あの地下の店に一度入ってしまったら、どのみち逃げ出すのは難しかっただろうとも思う。残った一人が外で見張っていた可能性が大だし、俊敏とは言いがたい泰幸の身のこなしでは階段を上りきる前に捕まっていただろう。

山藤もグルだったとは。

一服盛られて意識をなくした間に縛り上げられ、岸壁まで運ばれた。

見れば、三人とも左手の指が欠けている。組内で上の人間に制裁を加えられたのだろう。それで躍起になって泰幸をつけ狙い、同じように泰幸に恨みを持って報復の機会を探っていた山藤を取り込んで、まんまと罠に嵌めたのか。

やめろ、やめろ、馬鹿野郎、と喉が嗄れるほど叫び立てた。

完全に恐慌を来している。

その一方で、いやいや落ち着け、と冷静になろうとする自分がいた。

これは夢の中での出来事だ。映画の見過ぎが影響しているだけだろう。実際こんな簡単に人一人殺せるものか。いろいろな情報がごちゃ混ぜになって、ろくでもないシチュエーションを構築し、現実のように思わせているだけだ。

夢の中で必死になって、これは夢だと何度となく己に言い聞かせていた。滑稽極まりないが、身の危険を覚える状況に追い込まれた上で意識をなくしたため、夢が現実と区別がつかないほどリアルで、逼迫《ひっぱく》感があった。

少し離れた場所に、してやったりとばかりに満悦した表情で殺されかけている泰幸を見ている山藤の姿がある。

矢作が、秘書に金を持たせて泰幸と別れろと迫ったと言っていた。泰幸の与《あずか》り知らぬ話だ。事実だとすれば、僅かでも揚げ足を取られる恐れのあることは葬り去れ、と秘書に命じたのだろう。

泰幸は海に投げ込まれる寸前まで来ていた夢の途中で、なぜか山藤の事件を反芻しだし、自分なりに納得のいくよう再構築し始めていた。

あの頃、矢作は党内の重要ポストに就いたばかりだった。出る杭は打たれる。どうにかして失脚させられないかと重箱の隅をつつくようにして粗探ししていた政敵たちも多かったに違いない。長男と一つ違いの隠し子の存在が表沙汰になり、さらにはその息子が男と付き合っていることまで嗅ぎつけられたら、表向き装っているクリーンで、プライベートでは家庭を大事にする理想的な父親というイメージが崩れてしまう。些末なことでも心配の芽は早いうちから摘んでおくに限ると、山藤に接触した可能性は確かにある。

しかし、山藤は札束で横っ面を叩くような人を馬鹿にしたやり方に腹を立て、金を受け取って泰幸と別れることを承知しなかったばかりか、逆に秘書が誰の遣いで動いているのか調べだしたようだ。調べてどうするつもりだったのかは山藤に聞かなければわからないが、金や社会的な力に屈服させられることに人並み以上に抵抗を感じる男なので、このままではすまさないぞと反発心を湧かせたであろうことは想像に難くない。

山藤はそのときにはまだ矢作にまでは辿り着いていなかったようだが、危機感を強めた矢作が、目障りな山藤をしばらく刑務所に閉じ込めておくべく画策したのだとしたら。

准教授の妻にまで偽証をさせて、無実の人間に罪を着せるなど、ゾッとする想像だったが、矢作ならやりかねない気がする。自らの利権を守るためなら、他人を犠牲にするのに躊躇いもしない、身勝手で強欲な男だと母親がしばしば毒を吐いていた。

矢作はもともと相模准教授との間にも確執があったのだと山藤は言った。

地味で研究熱心、どちらかといえば堅物で知られた人物だったが、彼が己の研究を進める過程で山藤の不正に気づき、メスを入れようとしていたなら、殺される理由はあったことになる。そして、妻のほうは矢作に弱みを握られでもして偽証を迫られていたのだとすれば、事件の様相はガラリと変わる。

裁判で山藤が必死になって主張していた、事件の真相はこうだった、との弁を思い出す。

山藤が准教授宅を訪ねると、夫人が応対して、まだ准教授は帰宅していないので、それまで居間でお茶でも飲んでいてください、と言われた。その言葉に甘えて夫人と二人で居間にいたら、誰もいないはずの二階から不審な物音が聞こえてきた。怖いと夫人が怯えたので山藤が一人で階段を上がって様子を見に行くと、寝室のドアが半分開いていて、中で准教授が倒れていた。そのとき、隣の書斎から誰かが階段を駆け下りていく足音が聞こえたが、准教授を抱え起こして大丈夫ですかと声をかけていた山藤は、姿は見なかった。そこに夫人が恐る恐るやって来て、寝室の状況を見るやいなや、「人殺しっ」とけたたましく叫びだした。すぐに警察が駆けつけ、山藤は夫人に「この人が殺したんです」と断言されて、何が何やらわからず混乱するうちに逮捕されていたという。

検察は山藤の言い分を聞こうとせずに頭から嘘だと断じ、逃げた第三者の存在を否定した。誰もそのような不審人物を目撃しておらず、なにより夫人が「そんな事実はありません」ときっぱり証言したためだ。

夫人と山藤の話は一から十まで食い違っていた。夫人のほうは泣きながら不倫の事実を認め、寝室で密会している最中に突如帰宅した夫が現れて山藤と口論になり、激昂《げっこう》して山藤が准教授を突き飛ばした、と証言した。現場の様子や遺体の受けた傷などの科学的捜査と照らし合わせても、夫人の話には齟齬《そご》がないと証明され、裁判員たちも山藤の主張する第三者の存在は考慮しなかったようだ。

かくいう泰幸も山藤を信じなかった。夫人が嘘をつく理由がないと思ったたし、山藤が意外と短気でカッとなりやすく、恋愛に夢中になりやすい質だというのを知っていたから、不倫や二股には多少違和感を覚えるものの、そうした事件を起こす可能性がないとは言えなかった。

夢の中で微に入り細を穿った思考を繰り広げるうち、今度はまた唐突に、二人がかりで岸壁の突端から、せぇの、というかけ声と共に海に放り込まれた。

わあああっ、と大声を上げた途端、海水が口から鼻から入ってくる。

苦しい、苦しい、息ができない、死ぬ……っ、必死にもがいたが身動きもできないくらいギチギチに縛り上げられ、蓑虫《みのむし》のような格好にされているため、力めば力むほど沈んでいくばかりだ。

俺が何をしたって言うんだよ、とわぁわぁ泣いていた。

大口を開けると肺までいっきに水が流れ込んできて、窒息する、と恐怖した。

山藤の人生を狂わせたのは俺なのか？　確かに俺はやつを最後まで信じてやらずに見捨ててしまった。俺と付き合いさえしなければ山藤があんな目に遭うことはなかっただろう。保身のために非道なまねをしたのは父親だが、何も知らずにやつを不幸のどん底に叩き落として自分はのうのうと暮らしてきたのは事実だ。恨まれても仕方ないかもしれない。

だからといって、こんな苦しい死に方をするのは嫌だ。

誰か、助けてくれ。

ベレト、ベレト、ベレトッ——！

そのとき、ドーンという地鳴りのような音と震動がして、ハッと泰幸は悪夢から覚めた。

夢を見ながらぼろぼろ泣いたらしく、全身汗まみれで、顔に至っては涙と鼻水まで加わってぐしゃぐしゃなのがわかった。

手足を縛られた状態で埃っぽい床の上に転がされている。どこか薄暗くて狭い場所だ。壁の一つに小さな窓がついていて、そこから暗くなった空が覗《のぞ》ける。夜空にはさやかに照り輝く丸い月が懸かっており、泰幸にベレトと初めて会った夜をちらりと思い出させた。

夢の中で殺されかけた恐怖が、目覚めてからもしっかりと頭にこびりついている。

あんな恐ろしい夢はもうたくさんだ。ブルブルと震えがきて、歯の根が合わずにカチカチ音をさせてしまう。

問題は、すべてが夢ではなく、囚われの身になっているのは現実だということだ。

あれが正夢にならないとも限らない。

どこだここは。

泰幸は首を伸ばして周囲を見回した。

暗がりに目が慣れてくるにつれ、室内の様子が見てとれるようになってきた。山藤と会っていたパブ喫茶ではなさそうだ。運び出されて別の場所に閉じ込められたのだろう。四畳半程度の狭い部屋。物置として使われているらしく、様々な物が雑然と置かれている。いくつもの段ボール箱、パイプ椅子と折り畳み式の長机、ゴルフバッグに健康器具などがある。事務所の一室という感じがする。

不意に、ドドンッ、バキッ、という物音が少し離れた場所でするのが聞こえた。

続けてガシャーンとガラスが割れる音。怒声交じりの人の声もする。

目覚める直前に聞いた地鳴りのような音ももしかすると夢ではなかったのかもしれない。

騒ぎは徐々に大きくなっていく。泰幸が閉じ込められている方に向かって騒ぎの元が近づいてきているようだ。

突然、隣室のドアが蹴破られた。

数名分の足音や荒げた息遣い、怒号や罵声が入り乱れる。泰幸は身を硬くし、息を詰めた。

「野郎、どこの組のもんだっ！」

「殴り込みに来てただで帰れると思うな！」

「おいっ、シカトしてんじゃねぇよ」

男たちが凄んで威嚇《いかく》するのを聞き、泰幸はもしやと目を見開いた。

「俺は自分のものを返してもらいにきただけだ」

落ち着き払って答える声は紛れもなくベレトのものだ。

来てくれた。泰幸は歓喜と安堵で胸がいっぱいになった。ベレトに見捨てられなかったと思うと心が熱く震える。守ってやるという契約を果たそうとしているだけだったとしても、夢で一度死ぬ思いを味わわされた身としては、ありがたさに涙が溢れてきた。

薄い壁一枚隔てた向こうで乱闘が始まった。

身動きするのもままならない泰幸は、激しい物音にベレトが無事かどうか肝を冷やし、居ても立ってもいられない心地になる。

両腕をぴったりと脇につける形で胸元から足首まで縄でぐるぐる巻きにされていたが、なんとか上体を起こした。しかし、縛りがきつくて膝を曲げることもろくにできない姿勢から立ち上がるのは至難の業で、何度試みても泰幸には無理だった。

「ちくしょう、ちくしょう」

どうにかして縄から腕を抜けないかともがく。

ベレトのことだからいざとなったら煙のように消えて逃げるはず、多勢に無勢でも心配には及ばない、と頭では考えるのだが、争いの音がいっこうにやまず、次第にヤクザたちが凶暴化していっている気がして、とても安穏と構えていられなかった。

「くそおおっ、この化け物がっ！」

隣から雄叫《おたけ》びのような声が聞こえてくる。

叫びながら突進してきた男をベレトが難なく躱《かわ》したのだろう。

勢いあまった大男が、蝶番《ちょうつがい》の一つを壊して荒々しくドアを破り、泰幸が監禁されている小部屋に転げ込んできて、積み上げられた段ボールの壁に頭から突っ込んでいった。

びっくりして、ヤバイと身構えたが、男は打ち所が悪かったのか気絶したようにそのまま動かなくなった。それを確かめて泰幸は強張らせていた体を緩める。

大男がドアを壊してくれたおかげで隣室の様子が見えるようになった。

椅子やテーブル、飾り棚などがひっくり返ったり斜めになったりして惨憺《さんたん》たる有り様の中、強面《こわもて》の男数人がベレトを取り囲んで威嚇している。息を弾ませて肩を上下させている者、ギラギラと目を血走らせている者、手に木刀を構えた者といったふうで、皆、躍起になってベレトを叩きのめそうと間合いを狙っている。飄然《ひょうぜん》として顔色一つ変えないベレトに呑まれ、半ば怖じ気づいていることは、恐怖に歪んだ表情からわかる。

スラックスもベストもワイシャツも黒一色で決めたベレトは、禍々しさと神々しさを併せ持ち、強烈な存在感と冒しがたい雰囲気で周囲を圧していた。

ベレトがゆっくりと泰幸に視線を転じた。

一瞬だったが目が合って、泰幸は非常時にもかかわらず心臓を弾ませてしまった。

「あれは俺のものだ。おまえたちには指一本触れさせん。おまえ、そして、おまえとおまえ」

傲岸に言い放ち、顎をしゃくって特定したのは、以前泰幸を襲った三人だ。どうやらベレトはこのことをはっきりとさせるため、わざわざ浅野組の事務所に派手な乗り込み方をしたらしい。泰幸を助けるだけなら、もっといくらでも穏便に、ヤクザたちの目を欺いてこっそりと救出できたはずだ。

「去れ、と命じたのを忘れたか」

「な、な、なんだとっ、この野郎」

怖い目でひたと見据えられ、右目の下に痣《あざ》のある男がびびりながらも懸命に声を張り上げる。このままではメンツが丸潰れで、上にも言い訳が通らないと必死の形相だ。男の指は十本とも揃っていたが、事務所を襲われた挙げ句、泰幸まで奪い返されたとあっては、今度こそ痛い思いをして落とし前をつけさせられるのかもしれない。ほかの二人も同様のようだった。

「好き勝手抜かしやがって！」

右側にいた、レスラーのように厳つい体格をした男が襲いかかってくる。

それを合図に左からも二人がいっせいに飛びかかってきた。一人は木刀を振りかざしている。

「ベレトッ！」

ベレトにまったく避ける気配がなかったので、泰幸は思わず叫んでいた。どうするつもりなんだ、と彼の意図が予測できず、不安に駆られたのだ。

なんとなくベレトの顔色が今ひとつよくない気がして、無理をしているのではないかと心配になったせいもある。ベレトはこのところしょっちゅう泰幸の傍を離れて、どこへだか行っている。夜になっても戻らないことがしばしばあり、交わりを求めてくる回数もぐっと減っていた。サガンに聞いても、主の行動を許可もなく教えるわけにはいかないとばかりの頑なさで、まともな返事をもらえたためしがない。

ベレトがどのくらいの頻度で精気を摂らなければいけないのか、泰幸には定かでないのだが、契約を交わした直後は毎晩に近いくらい抱かれていたことを考えれば、週に一度で体をちゃんと維持できているのかどうか怪しいところだ。

ほかで浮気……いや、調達しているならばまだしも、泰幸以外とはしていないなら、ベレトは相当力を消耗していてつらい状態なのではないか。

そう思うと、ベレトの能力にも限界がある気がして、不安が増幅した。

「うわあぁっ、なんだこれは」

突然、男たちがベレトに襲いかかる寸前で動きを止め、何かに怯えた様子で後退り始めた。

「やめろっ、来るな、来るな！」

「お、おいっ、どうしたんだ、おまえたち」

どうやら三人はベレトに幻覚を見せられているらしい。ほかの二人は何が起きているのかさっぱりわからない様子で、錯乱したように腕を振り回したり、床を踏みにじったりしながら喚く仲間に呆れ、苛立っている。ベレトは指一本動かさず、立っているだけだ。

残りの二人もすぐに同じ状態に陥ったらしく、叫んだり逃げ惑ったりと大変な騒ぎが繰り広げられだした。

いいぞ、この隙に……！

喝采を上げかけた途端、背後から羽交い締めにされ、泰幸は「ヒッ」と尖った声を上げた。喉にナイフの切っ先を突きつけられている。

気絶していたはずの大男が意識を取り戻し、泰幸の注意がベレトたちに向かっている間に、背後から忍び寄ってきていたらしい。

ベレトもすぐに気がついて、体ごとこちらに向き直る。

泰幸を盾に取られたと悟るやいなや、ベレトはチッと忌々しげに舌打ちし、憤怒を湧かせたまなざしで睨《ね》めつけてきた。大男に対する敵意だけでなく、間抜けな泰幸にも腹を立てているような、そんな目つきだった。

泰幸は血の気が引くのを感じ、己の腑甲斐《ふがい》なさに唾棄したくなった。

「こいつを助けたかったら、おかしなまねするんじゃねぇぞ！」

大男が泰幸のすぐ後ろでドスの利いた声を張り上げる。ナイフの先が僅かに揺れていて、少しでも手元が狂えば皮膚を切られかねなかった。

これで刺されたらと思うと、恐怖に身が竦む。

じっとしていろ。頭の中にベレトが直接話しかけてくる。そっけなく、よけいなまねはするなと牽制するような冷淡さで、ベレトが不機嫌なのは仕方ないと承知しながらも傷ついた。厄介で面倒くさい契約者だとうんざりさせたのなら、自分で自分が疎ましい。

黙って唇を噛み、ナイフの先をできるだけ遠ざけようと首を反らせる。どうせ泰幸にできるのはこの程度のことだ。ギチギチに縛り上げられた身では、逃げることはおろか、大男を突きのけることすらできない。

いっそのこと、ここでこいつに刺されて死のうか。一瞬そんな捨て鉢な考えも頭に浮かんだが、すぐに払いのけた。

ベレトと出会って以来、泰幸にも少しずつだが欲が増えてきていた。

もっとベレトの傍にいたい。ベレトの与えてくれる驚きの体験や、体を繋いだときの至福の感覚に未練がある。尊大でぶっきらぼうな男だが、案外優しく情に厚いと思う。誰より信用できると感じるし、実際これまでに裏切られたことはない。

今回もそうだ。泰幸の危機を察知して助けに来てくれた。必ずしも体調は万全ではなさそうなのにもかかわらず。無理をさせているなら申し訳ない。一刻も早く片をつけてうちに帰ろう。

「何をぐずぐずしてやがんだ、てめぇらっ！」

「なんだ、この騒ぎはっ」

新手が三人現れた。

先頭の男は長ドスを手にしている。目つきの据わり具合からして、はったりではなく、いざとなったら躊躇せずに鞘から抜いて振り下ろすであろう気迫を醸し出している。

これ以上の長居は無用、とベレトも引き際を悟ったようだ。

「次から次へと面倒なやつらだ」

呟いて、ちらりとこちらを流し見る。

次の瞬間、泰幸を羽交い締めにしていた男がいきなり後ろに吹っ飛んだ。背後の壁にドーンと背中から叩きつけられ、ずるずると床に伸びた。

泰幸は傍らに落ちたナイフを唖然と見下ろし、ベレトに視線を転じた。

切れた縄がバラリと泰幸の体から落ちる。

「なんなんだ、いったい……！」

理解を超えた事態が次々と起きることに新手のヤクザたちは面くらい、動顚《どうてん》する。得体の知れないものを相手にしている恐怖に襲われたのだろう。

だが、それも束の間、ベレトは彼らの脳内にも幻覚を生じさせたようだ。

「おわっ」

「う、動けねぇっ。何かが足にっ」

ヤクザたちを尻目に泰幸に近づいてきたベレトは、腕を伸ばして泰幸を立ち上がらせると、

「帰るぞ」

と無愛想な顔つきで顎をしゃくった。

「サガンのいないときに俺の手を煩わせるようなまねをするな」

さも迷惑そうな言われ方に、泰幸はあれほど己の迂闊《うかつ》さを後悔し、反省していた気持ちを脇にやり、仏頂面で応じた。

「だったら、放っておけばよかっただろ」

「そうしてもよかったんだが、おまえとの間には契約がある」

結局それだけかよ。半ば予想していたとはいえ、泰幸は思っていた以上に傷つき、気分が沈み込んだ。ほかに何を期待していたのかと問われると、それはそれで返答に窮するが、義理以外の何かがあってくれたら嬉しかったのは確かだ。

泰幸にとってベレトは、家族同様に情を感じてずっと傍にいてほしい相手だが、そんなふうに感じているのは自分だけだと思い知らされた気分で、なんともせつなかった。

「そんな契約、くそくらえだ。どうせあんたにとって俺は単なる糧じゃないか」

拗《す》ねて、ベレトの腕を振り払う。

ずっと縛られて同じ姿勢を強いられていたため体が今ひとつうまく動かせず、足取りも覚束なくなりがちだったが、かまわず一人で歩きだす。

「待てっ、待て、こいつ！」

長ドスを持った男が手からダラダラと血を流しつつ泰幸の行く手を塞ぐ。

怪我の痛みで正気に戻ったようだ。長ドスは鞘から抜かれていた。鍔《つば》がないため、何かの弾みで手が刃の方まで滑ってしまい、切ったのだろう。

血と、怒気迫る形相とが、泰幸を怯ませ、震え上がらせた。

目と目が合った途端、冷や水を浴びせられたかのごとく体が萎縮《いしゅく》し、その場に縫い止められたように動けなくなった。

「泰幸っ！」

ベレトが叫ぶ。こんな切迫感のある声を聞くのは初めてだ。

照明を受けてギラッと不気味に光る銀色の刀身が、泰幸めがけて振り下ろされる。

殺られるっ、と思って恐怖のあまり目を閉じた瞬間、強い力で押されていた。ただ押されるのではなく、宙に押し上げられた感覚で、泰幸は「わわっ」と取り乱した声を上げていた。

何が起こったのか咄嗟に理解できず、泰幸は自分のことで手一杯だった。

バサッと黒い翼が羽ばたくイメージが頭を掠めた。

「ベレトッ？」

「私です」

サガンだった。落ち着き払った、とりつく島のない声に、いつもとは違う複雑な感情が籠められている。怒りと忌々《いまいま》しさと嫉妬と心配と……ほかにももっと様々な気持ちが含まれていたかもしれない。

泰幸はサガンの腕に横抱きにされ、惨憺たる様相の部屋を高みから俯瞰《ふかん》していた。

ベレトが部屋の中央に立っている。足元に這《は》いつくばっているのは長ドスを振り回していた男だ。倒れ伏した男の手にはまだあの凶器がしっかりと握られている。

最初泰幸は、ベレトはただ両腕を自然に下ろしたままでいるだけかと思っていた。

だが、みるみるうちに床に溜まっていく鮮血を見るやいなや、あまりのショックにヒッと喉を詰まらせ、息を止めていた。よく見ると、シャツの右袖が破れてぶらりと垂れ下がっており、そこから血が滴り落ちてくる。

う、腕は……？

ザワザワと胸が不穏に騒ぎだし、泰幸は居ても立ってもいられなくなった。

「お、下ろせ、下ろせ、サガン！」

「暴れないでください。ここであなたを落としたら、私は一生ベレト様に恨まれます」

「心配じゃないのかよっ、あいつが！」

こんなときにまで冷徹な振る舞いができるサガンが恨めしい。

「あそこに戻ったところで、あなたは何もできません」

サガンの言葉は腹立たしいほど正しかった。

ベレトがこちらを振り仰ぐ。

「連れていけ」

「はっ」

やはり腕がない。右腕を肘のすぐ下あたりで切り落とされてしまっている。男の振りかざした長ドスを自分の腕で受けとめたに違いない。

なんのためかは考えるまでもなかった。ベレトは身を呈して泰幸を守ってくれたのだ。

落ちたはずの腕は見当たらず、床には夥《おびただ》しい量の血が広がっているばかりだ。

ヤクザたちは全員、そこかしこに折り重なるようにして倒れていた。

なぜ我が身の危機を特異な能力をもって回避しなかったのか、泰幸はいっそベレトを詰《なじ》りたい気分だ。それとももう、それだけの余力すらなかったのだろうか。

泰幸は穴が開くほどベレトを見つめ、嫌だ、嫌だ、と子供が駄々を捏《こ》ねるときのように首を振りたくった。涙も制御できなくなったように溢れてくる。

「あなたのせいです」

サガンの一言が泰幸の心臓を抉った。

ベレトはいっそう顔を青ざめさせたまま、泰幸には一瞥《いちべつ》もくれようとしない。

これが夢の続きなら、と泰幸は張り裂けそうに痛む胸を持て余し、喘ぎながら祈った。

実際、泰幸にはそこから先の記憶がない。

泣き濡れた顔で目覚めると、朝だった。

いつもと何も変わらない、十一月も終わりに近づいた、爽やかすぎるほど清々しい朝。

だが、大きなベッドの隣にベレトが寝た形跡はなく、一階のリビング・ダイニング・キッチンにも誰の姿もなかった。

ベレトもサガンもいない。

まるで五月初旬のあの日から、ずっと長い夢を見ていた気分だ。

しかし、そんなはずはないことは、塵《ちり》一つなく綺麗に片づいた部屋を見れば明らかだった。冷蔵庫を開けると、サガンが昨日焼いてくれたチョコレートケーキの残り半分が箱ごと仕舞ってあった。

午後になれば二人して戻ってくるだろう。

案外そのときにはベレトの腕は元通りになっているのではなかろうか。きっとそうだ。ベレトは人間ではないのだから、そのくらいの治癒力はあるだろう。——あってほしい。

時間の経つのがこれほど遅く感じられたのは初めてだ。

夜まで待った。

だが、二人は翼を羽ばたかせる音さえ泰幸に聞かせてくれなかった。

インターネットのニュースサイトで、昨晩浅野組の組事務所で起きた乱闘事件が、内輪もめか、という憶測と共に記事にされていた。

血溜まりのことにはいっさい触れられておらず、長ドスを持ちだした男が銃刀法違反の疑いで逮捕されたとあるだけだ。

山藤はどうなったのか。いや、もう、そんなことはどうでもいい。

泰幸の頭の中はベレトのことでいっぱいだった。

今この異界の地にあって大量に血を流せば、死期が早まる——出会って間もない頃、ベレトは確かそう言った。ベレトが泰幸より先に死なない保証はどこにもないとも言っていた。

いや、でも、まさか。

そんなことは考えたくもない。

それよりは、ベレトは泰幸の顔も見たくないほど今回の失態を怒っていて、泰幸を懲らしめるためにわざと姿を現さないのだと思いたかった。愛想を尽かされてもう二度とかかわってこないつもりだとすれば、それはそれで辛いし、後悔のあまり胸が押し潰されそうに痛む。

「帰ってこいよ。いくらでも俺の精気吸わせてやるし、もう二度と迷惑かけないって約束するから」

誰もいないシンと静まりかえった部屋に、泰幸の泣きそうな声が虚しく響く。

そのうち本当に涙が湧いてきて、しゃくり上げていた。

泰幸は一晩中待ち続け、翌日も、そのまた次の日も、ベレトの戻りを心の底から願ったが、異界の黒い王子は事件を境にふっつりと姿を見せなくなった。

Ⅲ

「五番ボックスにミネラルウォーターとアイス」

「はい」

カウンターに戻った途端、マネージャーから次の指示が飛ぶ。

白シャツに蝶ネクタイ、グレーのベストに黒いスラックスという出で立ちをした泰幸《やすゆき》は、銀盆を手にカウンターとボックス席とを行ったり来たりしている。

ホストクラブ『夜間飛行』にボーイとして勤め始めて二週間。年が明けて、最初に決意したのが、外に働きに出ようということだった。

異界の王子ベレトとその従者サガンが泰幸の前から消えて早一月半。

世間ではやれクリスマスだの年越しだのと慌ただしく賑やかな十二月、泰幸は引き籠もりも同然に鬱々《うつうつ》として過ごした。

きっとベレトは戻ってくる。

絶対に生きているはず。

何度も何度も自分自身に言い聞かせては、猛烈な不安と後悔に襲いかかられ、吐くほどの苦しみにのたうち回ることの繰り返しで、ろくに食べも眠りもしない日が続いた。

ベレトにはすべてが見えているはずだ。こんな状態の泰幸をどこからか見てほくそ笑んでいるばかりで、今後いっさい近づくつもりはないのか。それならばまだいいが、もし、泰幸を二度と見ることのできない状態になっているのなら。

死、という言葉が脳裡を掠《かす》めるたび、泰幸は心臓を打ち抜かれたような心地がして、ひどいときには呼吸困難を起こしかけた。

せめてベレトがどういう状態なのかだけでもサガンが説明に来てくれたらいいものを、元より泰幸とうまくいっているとは言いがたかった彼に期待すべくもない。

生きている。ベレトが死ぬはずがない。

何か事情があって戻ってこないだけなのだ。死んでいるかもしれないなどとは金輪際考えないようにしよう。

そして、俺も一人でちゃんと生活しながら待っているのだと示せたなら、ベレトも少しは感心し、意地悪するのをやめて出てきてくれるのではないだろうか。姿は見せずとも、頭の中に話しかけてくるくらいのことはする気になるかもしれない。

そう考えるに至ったのが年が明けてすぐのことだった。

よし、働こう。ベレトに、胸を張って「待っていたんだぞ」と言える暮らしをするのだ。そう心に決めた。それがベレトにもう一度会うための一番の近道ではないかという気がした。

アルバイト情報誌を頼りにいろいろ検討したが、それまでずっと夜型の生活を送ってきたことを考えると、いきなり昼の仕事を始めても体がついていかず、慣れるまで大変かもしれない。何もかもいっぺんに変えようとせず、まずは真面目に働いて稼ぐことに主眼を置いて職探しをした結果、クラブのボーイに辿り着いた。

面接では、店長からしきりに「どうせならホストになる気はないか」と勧められたが、向いていないからと断った。男相手の美人局《つつもたせ》はしていたが、女性に夢を見させるような忍耐を要求される仕事が務まるとは思えない。たとえ務まったとしても、する気はなかった。泰幸は時給いくらで働く堅実な仕事がしたかったのだ。

夜の世界でそれなりに遊んできた身なので、ホスト間の妬《ねた》みや嫉《そね》み、人気争いが熾烈だというのは知っていたが、誤算だったのは、そこにボーイの自分まで巻き込まれそうになることだ。

「失礼します」

五番ボックスにミネラルウォーターとアイスペールを運び、跪《ひざまず》いてテーブルの上に載せる。

「あらっ、やだ、この人素敵！」

三人で来店した初顔の客たちの中の一人が、泰幸を見定め、関心を示す。するとたちまち他の二人も、隣についたホストそっちのけで身を乗り出してくる。

「わっ、ホントだ。すっごい綺麗な顔してる」

「うちはお嬢様方にご満足いただけるおもてなしをするために、ボーイも厳選しているんですよ。彼はまだ入店して間もないので、いろいろ至らない点も多いですが」

ナンバー2ホストが淀みなくフォローして、客の注意を自分を含め三人ついたホストのほうに引き戻そうとするが、お嬢様方は聞く耳を持たなかった。

「ねぇ、きみ、いくつ？」

「どうしてボーイをしているの。もったいないなぁ。きみがここに座って相手してくれるんなら、あたし毎日でも通うのに」

次第にホストたちの表情が険悪になっていく。

泰幸にしてもお嬢様方のこのノリは迷惑千万なのだが、相手は客だけに邪険にするわけにもいかず、愛想笑いを浮かべつつ当たり障りのない受け答えをするしかない。

プライドの高いナンバー2ホストの醸し出すピリピリした雰囲気、ナンバー2のご機嫌取りに余念がない年嵩《としかさ》のホストの忌々《いまいま》しげな顔、オロオロするだけで全然役に立っていない新米ホストの困惑を肌で感じながら、ああ、またロッカーで絡まれるな、とうんざりする。

「おまえ何様のつもりだ。内勤の分際で客に色目使ってんじゃねぇよ」

案の定、営業終了後に女性用のパウダールームに連れ込まれ、ナンバー2と年嵩のホスト二人に吊し上げられた。

「俺が何したって？　あのＯＬさんたちが勝手にはしゃいでただけだろ。あんたらがしっかり接客しないからよそ見されるんだよ」

泰幸もおとなしく詫びて穏便にすまそうとする柄ではない。理不尽な言いがかりをつけられては黙っていられず、反発心を露《あらわ》にして逆に食ってかかる。

「なんだと、この生意気な新入りめ！」

胸座《むなぐら》を摑《つか》まれ、ドン、と壁に背中を打ちつけられる。

そのまま逃れられないように迫ってこられ、近すぎる距離から憎々しげに睨《にら》みつけられた。

「目立つ怪我はさせるな。幹部に知られたら面倒だ」

年嵩のホストが冷静に姑息な注意をする。

「やめろ。放せよ、この馬鹿力！」

「ふん、非力なチビめ」

百八十近い長身に筋肉隆々とした体軀の、体育会系イケメンを自称するナンバー2ホストに比べれば、大半の人間はチビだろう。頭ではわかっていても、挑発に乗りやすく喧嘩っ早い泰幸は聞き流せなかった。

「おまえこそ脳味噌まで筋肉でできてるんだろうが」

「うるせぇ！」

顔が横を向くほど激しい勢いで頬を叩かれた。

平手ではあったがその打撃力は痛烈で、歯で口の中を切った上、鼻から血が飛ぶのが見えた。少し遅れて頬が燃えるように痛みだす。熱を持って火照《ほて》り、ジンジンと痺れたようになっていた。衝撃のあまり声も出ない。

「煽《あお》るな、馬鹿」

年嵩のホストがニヤつきながら泰幸に言う。事態を面白がっているのが明らかで、こいつのほうが単細胞のナンバー2よりよほど質が悪いと泰幸は唾棄したくなった。

「いいか、てめぇ」

ナンバー2ホストは女性客を前にしたときの快活な色男ぶりからは想像もつかない、汚い言葉遣いとあくどさを感じさせる顔つきで、泰幸を威喝する。

浅野《あさの》組の連中に捕まって脅されたときの恐ろしさに比べたら、高校生に喝上げされている程度にしか感じなかったが、大きな硬い手のひらでまたビンタされてはたまらなかったので、今度はおとなしく口を噤《つぐ》んで目を伏せた。

「ジョージさんに気に入られてるからって調子に乗ってんじゃねぇぞ」

ライバル視しているナンバー1ホストの名を出され、泰幸はやれやれと溜息《ためいき》をつきたくなった。確かにジョージには目をかけてもらっていると思うが、だからといってそれを笠に着ているつもりはない。「可愛いね」「女の子より綺麗な顔してる」などと彼の持ち味である甘く優しげな声で言われ、何度か食事に誘われたが、泰幸は特別彼と仲良くする気になれず、毎回断っている。女に月何百万と貢がせる暮らしをしておきながらゲイなのかこいつ、と思うと生理的に受け付けられないし、なにより、まったく泰幸の好みではなかった。

俺が好きなのは——。

泰幸の脳裡を、黒い翼が雄々しく羽ばたくイメージが掠める。泰幸はぐっと胸に迫るものを感じ、苦い塊となったそれを後悔とせつなさごと呑み込んだ。求めたところでどうにもならない。彼が消えて一月半。気持ちを入れ替えてここで働きだしてから二週間になるが、いまだに気配すら感じられずにいる。

死という言葉はできるだけ遠ざけて、頭に浮かべないようにしているが、ふとした弾みに思考がそちらに向かいかけると、もうそれだけで、苦しいやら哀しいやらで心が引き裂かれそうなほど痛む。

彼は人間ではないのだから、あのくらいたいした怪我ではなかったはず。姿を現さないのは、意地悪な従者のサガンに、もう泰幸のことなど相手にするなと諌《いさ》められたからだ。そして、べレト自身もいい加減泰幸に愛想を尽かしており、事件を機に契約を解消することにしたのだ。だから姿を現さないだけ。泰幸は必死に辿々《たどたど》しい思考を巡らせ、なんとか己を納得させていた。

ガチャリとノブを回してドアが開かれる。

泰幸も含め、パウダールームにいた三人はいっせいに視線を向けた。

「こんなところで何してるんだ？」

中を覗いたジョージが眉根《まゆね》を寄せて不審げに問う。そのときすでにナンバー2の手は泰幸の胸座を放していた。ここで泰幸に因縁をつけていると知られてはまずいと、咄嗟《とっさ》に取り繕ったようだ。

「いや、べつに。岡《おか》さんと一緒にパウダールームの清掃チェックをしていただけですよ」

「鏡の拭き方がいまいちだったんで、バイトの彼によく見ろと指導していたところだ」

ナンバー2と口裏を合わせて年嵩のホストもいけしゃあしゃあと嘘をつく。

「慣れるまではいろいろ見落としもあるよ。そんな怖い顔して二人に文句をつけられては、泰幸もびびるだろう。あとは僕に任せてもらえないか」

ナンバー1のジョージにそう言われては、二人とも引き下がらざるを得なくなったようだ。

去り際に、告げ口したらただじゃおかないぞ、と脅しを込めて一睨みし、泰幸を牽制する。

泰幸はしらけた顔つきで二人を見送った。

「殴られたの？」

ジョージが可哀想にという顔をして泰幸に近づいてくる。

腫れた頬に触れようと伸ばされた指を、泰幸は「大丈夫です」と邪険に払いのけた。不様なところを見られた悔しさと、なんとなく押しつけがましさを感じる彼の好意の示し方に反発心が湧いたのだ。嫌いとまでは言わないが、泰幸はべつにジョージをなんとも思っていないので、できるだけ借りは作りたくない気持ちも働いた。

上っ面に張りついていた笑みがジョージの顔からすっと消え、目に剣呑な色合いが混ざる。心配してやったのになんだその態度は、と不快になったのがわかる。周り中から持ち上げられることに慣れていて、皆が皆自分に一目置いている、憧れているのだと勘違いしているところが以前から見受けられたが、どうやら本気でそう思っているらしく、泰幸に迷惑そうにされて激しく矜持《きょうじ》が傷ついたようだ。

それでもジョージはすぐに気を取り直し、

「そう。それならいいけど」

といつもの爽やかな調子で言った。

べつに根に持っているふうではなく、泰幸もこんな些末なやりとりは帰宅するまでには忘れていた。

青山《あおやま》のマンションの、一人には広すぎる部屋にいると、泰幸は孤独をひしひし噛《か》み締める。

ベレトに会うまではむしろ一人で自由気ままに自堕落な暮らしをするのが好きだったはずなのに、今はひたすら人恋しくてたまらない。外に出て働こうと思い立ったのも、ベレトのことばかり考えて部屋に籠もりきりになっていると、そのうち自分がおかしくなってしまいそうな気がしたからでもある。

泰幸は自分でも驚くくらい真面目に勤めをこなしていた。

ナンバー2たちに絡まれた翌日も午後五時すぎには出勤し、開店準備に取りかかった。

営業は午後六時から午前一時までの一部と、日の出から午前十一時までの二部に分かれており、泰幸は一部でだけ働いている。内勤の時給は高くはないが、もともと泰幸には保険金や遺産のほかに母親から経営権を引き継いだ店から上がってくる収入があるため、金銭的には不自由していなかった。

前日にホストたちと一悶着あったものの、そんなことをいちいち気にして萎縮《いしゅく》するほど泰幸はデリケートにはできていない。喧嘩はからっきしなので、あれ以上波風を立てることはしたくないとは思うものの、色目を使ってくるのは客だし、絡んでくるのはホストたちだ。泰幸には避けようもない事態だった。

ナンバー2と年嵩の岡《おか》は、泰幸の顔が元通りに戻っているのを見て半ばがっかり、半ばホッとしたような表情をした。こんなところにもベレトと交わっていた名残を感じて、泰幸は今朝鏡を覗《のぞ》いたときまたせつなくなった。泰幸の体にはベレトの体液が混ざっているため、怪我の治りが驚くほど早い。相当不摂生な生活をしても肌は瑞々しく艶やかなままで、もしこれが三十を超えてもこのままなら、周囲は泰幸を驚きの目で見るかもしれない。

ちくしょうめ、今に見ていろ、と棘《とげ》のあるまなざしで睨まれはしたものの、二人は直接泰幸に何か言ってくることはなく、くるくると忙しくフロアを歩き回って働くうちに視線すら気にならなくなった。

「治ったね。よかったよ」

ジョージにも優しい声をかけてもらった。

どちらかといえばジョージに対しては泰幸のほうがそっけなくしすぎたかと反省していただけに、彼がいつものとおり爽やかな笑顔を見せてくれたときには、思わず「心配をおかけしてすみませんでした」と頭を下げていた。

「べつに謝らなくていいよ」

ジョージは目を眇《すが》めて言い、フッと口元に笑みを刷いた。

今ひとつ腹の中が読めない感はあったが、泰幸は言葉のとおりに素直に受けとめることにした。彼とは今後も必要以上にかかわるつもりはない。いくら親切にしてもらっても、泰幸は彼と特別仲良くする気はなかった。

その日は勤務中に面倒なことも起きず、午前一時に一部営業を終え、泰幸はいつものとおり閉店したあとの店内を掃除していた。

一部二部両方に出勤するホストの中には、二部の開店時刻である日の出までの時間、店内で仮眠をとる者もいる。

「今夜は誰も残らないから、ゴミ出ししたら鍵かけて帰ってくれ」

マネージャーに言われ、泰幸は一人も残らないのは勤めだしてはじめてだなと思ったが、別段不審は覚えなかった。ホストを含め従業員のほとんどは徒歩か自転車で通える圏内に住んでいるらしい。寮もあるようだ。店内に残るのはよほど億くて帰宅が面倒なときなのだろう。

戸締まりを任された泰幸以外の全員が引き揚げたあと、泰幸もゴミの始末を終え、さて着替えて帰るかとロッカールームに向かおうとした。

ふと気配を感じて振り返ると、いつの間にかカウンターに凭《もた》れて誰かが立っている。

泰幸はギョッとして足を止めた。

「ジョージさん……！」

「悪いね、驚かすつもりはなかったんだが」

「どうしたんですか。何か忘れ物ですか？」

「そう、真那《まな》ちゃんからもらった例の鉢植え」

ああ、と泰幸は合点する。ジョージの常連客になったばかりのＯＬが、観葉植物の寄せ植えをプレゼントに持って来たのだ。寄せ植え自体もホストへの贈りものとしては珍しい感覚なのだが、立て札にジョージと自分の写真を合成したものが貼り付けてあるなどして、正直、ジョージも困惑したらしい。「バルコニーにでも置いておいてくれるかな」と泰幸にこっそり耳打ちしてきたのだった。

「すみません、渡すの忘れてました」

「いや、俺も言わなかったから」

「すぐ持ってきます」

九階にあるこの店舗にはバルコニーがついている。建蔽率《けんぺいりつ》の関係からか、十階建てビルの最上階と九階だけが下の階より狭くなっており、デザインも変わっているのだ。狭くて横長のバルコニーで、ワインセラーの横の通路を抜けた先のガラス製のドアから出られる。出たところで、ビルとビルの間の狭い路地が見下ろせるだけで格別見晴らしがいいわけでもなく、特に冬場は寒いこともあってめったにバルコニーに出る者はいない。

いくらありがた迷惑なプレゼントとはいえ、鉢植えには気の毒な扱いだなとは思ったが、立て札が立て札なだけに気持ちはわからなくもない。言われたとおりバルコニーに出しておいた。

このまま忘れたふりをせず、わざわざ取りに戻ったあたりが気配り上手のナンバー1なんだろうな、と泰幸はちょっと感心した。もっとシビアに損得勘定をする男かと思っていた。

鉢植えは出入り口のすぐ傍に置いたはずだったが、なぜか見当たらず、泰幸は首を傾げた。

誰かが移動させたのだろうか。

バルコニーの端まで行って探したが、やはり見つからない。

どういうことだ、と眉を顰《ひそ》めて立ち尽くしていると、突然背後で、開けておいたはずのドアが閉まる音がした。

えっ、と振り返り、事態がよく呑み込めないまま出入り口に引き返す途中、今度はフロアの明かりが落ちた。

真っ暗になったバルコニーで泰幸は唖然とし、一歩一歩足元を探るようにしながら出入り口まで戻る。

案の定ドアには鍵がかけられていた。

やられた、と苦い思いを噛み締める。

やはりジョージは昨日泰幸がつれなくしたのを根に持っていたのだ。あの鉢植えも、細かく指示をして自分からリクエストしたのかもしれない。泰幸を懲らしめ、力関係を思い知らせるつもりだろう。

「今どき中坊でもこんな嫌がらせの仕方しないっての」

呆れて悪態をついてはみたものの、日の出営業が始まるまで店内は無人で、誰も助けに来てくれない。せいぜい数時間のこととはいえ、一年のうち最も寒くなる一月中旬の真夜中、シャツにベストを着ただけのボーイの姿では、寒さが身に沁《し》みる。

手指はかじかみ、靴の中にまで冷えが浸透してきた。

空元気は早々に失せ、なんとかここから脱出できないかと辺りを見回して思案するも、九階のバルコニーから下りる術はなさそうだった。

仕方がない。なんとか日の出まで耐えるしかない。シャツの袖一枚に覆われただけの二の腕を擦り、自分の体を抱きしめる。

建物と建物の間を通る狭い道が見下ろせるだけのバルコニーには、気が紛れそうなものは一つもない。人通りもめったになく、向かいのビル壁には排気口や嵌《は》め殺しと思しき小さな窓、そしてエアコンの室外機があるだけだ。

コンクリート敷きのバルコニーに座り込むと体温まで奪われそうな気がして躊躇《ためら》われ、泰幸は手摺《てす》りに凭れたまま漫然と下の道ばかり見ていた。

この程度のイジメはまったく応えないが、今後も面倒に巻き込まれてとばっちりを受けたり、生意気だなんだと難癖をつけられたりするかと思うと辟易《へきえき》する。

どうも泰幸はおべんちゃらが苦手だ。本気ですごいと感じなければ大袈裟に相手を持ち上げる気になれないし、こんなふうに言えば相手は喜ぶんだろうなとわかっていても、心にもないことは口にできない性分である。

昔から人付き合いはヘタだったかもしれない。態度や口の悪さから嫌われたり、無気力で一緒に遊んでいてもつまらないと思われがちだったりと、まともな友達はかつて一人としていたことがない。

あえて言えば、山藤《やまふじ》だけは泰幸の欠点もひっくるめて好きだと告げてくれた男だが、彼とはいちおう恋人同士で体の関係込みだったので、友達というカテゴリーに入れていいものかどうか迷う。

あいつ、どうしているかな。

泰幸は久しぶりに山藤のことを脳裡に浮かばせた。自分でも不思議なくらい穏やかな気持ちのままだった。山藤の呼び出しが罠だったのは間違いないが、いろいろ考えると相身互いという気がして、恨む心境にならない。もともとやくざに報復されるようなまねをしたのは自分たちで、ある意味山藤も彼らに利用されたようなものだ。山藤によけいなことを喋った日吉《ひよし》は頭にくるが、あの男が浅はかで口先ばかりなのは承知の上でつるんでいたのだから、これもまた自業自得といえる。

浅野組は家宅捜索で覚醒剤が出たことにより、幹部組員のほとんどが逮捕され、実質解散に追い込まれたらしい。

山藤だけでなく日吉も事件以来ふっつりと泰幸の前から姿を消し、電話もメールもしてこなくなった。泰幸に関わってくる者は今や一人もいなくなったのだ。

表通りを行き交う車や人のたてる物音はひっきりなしに聞こえてくるが、泰幸はひたすら孤独を噛み締めながら寒さに身を震わせるばかりだ。

そのうち手足が痺れたようになって感覚がなくなってきた。

全身が冷え切り、歯の根が合わずにカチカチ音がするようになる。

ああ、もう、だめだ。日の出までとても我慢しきれない。

泰幸は一時間も経たずに弱音を吐いた。

ズルズルと窓ガラスに背中をつけて座り込む。

俺は本当に意地も誇りもない、そのくせつまらないプライドだけは一人前の、どうしようもない出来損ないだ。だから皆から愛想を尽かされる。なまじ母親譲りの整った顔をしているせいで、寄ってくる者はそれなりにいるが、ある程度付き合うとたいてい去って行く。去らないのは下心があってちょっとでも美味しい思いをしようと考えているやつか、本当の俺を見ずに勝手な思い込みで好きになっていたやつか、どちらかだ。

あのベレトですらどこかへ行ってしまった。

今一番会いたいのは彼なのに、羽ばたき一つ聞かせてくれない。

せめて夢枕に立ってくれたら謝ることができるのに。大怪我をさせてしまって悪かった、とてもとても心配した。そう言えるのに。何もできない自分が悔しくて、何度も下唇を噛んで傷つけた。さすがのベレトも腕を切断されたのは大変なことだったのだと、不在が長引けば長引くほど思い知らされて、居ても立ってもいられなかった。

年が明け、一念発起して生活を変えてみたものの、ベレトはいっこうに姿を見せない。

もう戻ってこないのかもしれない。

最近、ふとした拍子に悲観的に考えがちになることがあり、自分でも愕然《がくぜん》としてしまう。ベレトに捨てられたのだという認識が現実味を増して感じられ、激しい喪失感を味わいもした。猛烈な自己嫌悪に陥り、己の腑甲斐《ふがい》なさに頭を掻き毟《むし》りたくなるほど心が乱れ、取り返しのつかない失態を犯したのだと自分を責めまくった。

とにかく今泰幸にできるのは、真面目に働いて心を入れ替えること。それ以外、どうすればいいのか思いつけない。

これしきで凹んだりするものか、と泰幸は寒さに震えながら己を鼓舞した。

こんなイジメは質の悪い子供の遊戯のようなもので、応えはしない。

ただ、体が芯から冷えてくると、今までずっと我慢に我慢を重ね、胸の奥深くに溜め込んでいたベレトへの未練と悪態が大きな塊となって迫《せ》り上がってきて、泣き出したくなってきた。契約したくせに。勝手に反故《ほご》にして消えやがって。ちくしょう。卑怯者。嘘つき。馬鹿！

ここがこんなに寒くて、俺が死にそうなほど震えているのも、あいつのせいだ。銀座《ぎんざ》の三丁目だか二丁目だかにあるポストが紺色なのがあいつのせいだと思うのと同じ理屈だ。

あの小姑みたいな陰険で態度のでかい従者は、今頃満足げにほくそ笑んでいるんだろう。綺麗なくせにやたらと刺々しくて、実に鼻持ちならないやつだった。

だいたいあいつらは――。

「もうそのへんにしておけ」

突然、頭の中にベレトが直接話しかけてくる、あの、懐かしい感覚が甦り、泰幸はびっくりして伏せていた顔を上げた。

「なんだ、その、涙と鼻水でぐしゃぐしゃになった小汚い顔は」

ベレトがバルコニーの向こうに立っている。

正確には浮いているのだが、姿勢だけを見れば、間違いなく立っていた。背筋をピンと伸ばして偉そうに腕を組み、尊大で傲岸不遜《ごうがんふそん》な態度をあからさまにして、しっかりと宙を踏みしめている。

「な、な、なんで……？　嘘だろう……なんで今さら……」

舌まで凍えてしまっているのか、うまく言葉が綴れない。驚きで動顛《どうてん》しているせいもある。

泰幸は顔を拭くのも忘れて目を瞠《みは》り、信じがたさと驚喜とで頭がいっぱいだった。

黒の三つ揃いのスーツに包まれた体躯は、最初に出会ったときと変わらず逞しく頑健そうで、惚れ惚れするほど見栄えがする。肌の張りと艶もすっかり回復していて、最後に見たときの病的な青白さは見る影もない。

「……腕は？」

一番気にかかっていたことを遅ればせながら確かめる。

ベレトはフッと口角を上げて小気味よさげに嗤《わら》い、おもむろに腕を広げてみせた。

治っている。完全に。優雅に動く長い指を見た途端、鼻の奥がツンとしてきて、新しい涙が湧いてきた。よかった。よかった。心の底からそう思い、昂った感情がいっそう乱れる。

「まぁ、正直、今回はさすがの俺も参った。サガンのやつが父上に訴えて一時帰還の許可を取りつけてくれなかったなら、向こう三十年は再生に時を要しただろう」

「こっちの世界は、あんたにとってそれくらい体に及ぼす影響が違うってことか？」

ベレトは曖昧に頷《うなず》くだけではっきりとは答えない。よけいな心配をさせたくないという思いやりを感じ、泰幸は胸がじゅんと熱くなる。

「それよりおまえはどうした。ずいぶん不様なことになっているようだが」

「べつに」

泰幸はたちまちきまりが悪くなり、意地を張ってツンとして答えた。

「そこからどこにも行けなくて困っているんだろう」

ベレトの口調に揶揄《やゆ》が交じる。何もかも承知しておきながら、わざと意地悪な聞き方をして泰幸を追い詰めようとするのだ。さっきまで洟《はな》を啜《すす》りながら泣いていたのもどこへやら、負けず嫌いが頭を擡《もた》げた。

キッとしたまなざしで睨んでも、ベレトは面白そうな顔をしたままだ。泰幸から折れて泣きついてくるまで待つ気だろう。

しかし、予想に反して、先に譲歩したのはベレトのほうだった。

「寒いから話は場所を替えてからにしよう」

えっ、と一回瞬きする間に、泰幸はベレトに片腕でしっかりと抱き寄せられていた。

重力など関係ないかのごとく、泰幸までなんの違和感もなく宙を踏んでいる。ベレトの懐に取り込まれると、寒さもまるで感じなくなった。

「おまえ、少し痩せたな」

「そうかな」

あんたのせいだろ、と内心でぼやくと、ベレトが頭の中に返してきた。

悪かった。

ああ、ベレトも俺が心配していたことを知っているんだ。それがわかっただけで泰幸は報われた心地がした。待って待って待ちあぐねて辛かった日々がすうっと消えていく。

これから一生かけて契約を遂行するから許せ。

じゃあ、俺をあんたの世界に連れて行けよ。

それがおまえの望みか。

泰幸は半ば酩酊した心地に浸りながら、返事を躊躇った。

ベレトに直接頭に囁かれると、媚薬に酔わされたかのごとく頭に靄《もや》がかかって夢心地になり、思考が覚束なくなる。

向こう百年ほどは、ベレトは追放処分を受けた身のはずで、まともに考えれば、次にベレトが帰還するのはおよそ百年後。ベレトと交わることで泰幸の寿命が延びるなら、まったく可能性がないわけではない。それゆえに気易く答えていいものか迷った。

返事はあとでゆっくり聞かせてもらう。

バサッと、夜の闇よりさらに黒々とした巨大な翼を広げる音がした。

雄々しく美しい、王に次ぐ壮麗さだとサガンが誇らしげに教えてくれたベレトの翼が脳裡に浮かぶ。目で見ているというより、感性で見ているのだと理解する。

ベレトの翼を感じるたびに泰幸ははしたなく欲情してしまう。

足の付け根が淫らに疼《うず》きだし、たまらず目を閉じた。

頭の中がぐるりと一回りする感覚に見舞われ、意識がみるみる遠くなる。

次に気を取り直したときには、リビングのソファにいつものごとく座っていた。

＊

「お帰りなさいませ」

黒いエプロン姿でキッチンにいたサガンが、トレイに載せたホットジンジャーティーをベレトと泰幸に出す。

この一ヶ月半の間、ずっと変わらずここにいたかのごとき馴染みようで、泰幸はまたしても夢と現実の区別がつかなくなりかけた。

つい数刻前までは確かにホストクラブのバルコニーにいた。

そこでベレトに抱き寄せられて、強い眩暈《めまい》に襲われたかと思ったら、まるで今までずっとソファでうたた寝していたかのごとく、この状態にしっくり収まっているのだ。

泰幸が身に着けているのは厚手のトレーナーにコットンパンツだし、ベレトもまた黒い開衿シャツに黒いスラックスという先ほどの三つ揃いとは違う寛いだ格好だ。

何度同じ経験をしても、どうしてもこの記憶に空白が生じたような感覚には慣れない。

「あんたまで戻ってきたのか」

泰幸が半ば迷惑そうにズケズケ言うのに、サガンはシラッと取り澄ました顔つきのまま、

「私はベレト様の従者でございますから」

と返す。わざとらしく「ベレト様」を強調するあたりがいやらしい。

こいつもいっぺん王様に犯されろ。十五人も子供を拵《こしら》えたベレトの父親なら、さぞかし好色で性戯に長けているだろう。白皙《はくせき》の美貌が紅潮して歪む様を想像すると溜飲が下がる。

プッ、と隣でベレトが柄にもなく噴き出した。

「ベレト様っ、私、やはり我慢できません！」

サガンがこれ以上ないほどの侮辱を受けたとばかりのムキになりようで、ベレトに訴える。

ああ、またこいつら俺の頭の中を読んでやがるな、と泰幸は狼狽《うろた》えもせずに悟る。だからといってサガンに対して悪びれはしなかった。

しばらく泰幸の思考を読もうとしなかったベレトが、また泰幸の頭の中に触れてきてくれるようになって、おかしな話だが嬉しかった。普通は不快感を覚えるはずのところだろうが、泰

幸はこのほうがずっと楽で、喜ばしいと感じるのだ。

たぶん、触れてくるのがベレトであり、彼が最も信頼を寄せている従者のサガンだからだ。

他の誰かに同じことをされたら、腹立たしさと許せなさしか感じない気がする。

まぁ、そう目くじらを立てるな、サガン。

不思議なことに、泰幸にまでベレトとサガンが意思と意思で疎通する様が伝わってきた。

一瞬、サガンが意表を衝かれた目で泰幸を流し見たが、すぐに彼の驚きは諦観の溜息になって消え去った。

「仕方がありませんね」

一纏《ひとまと》めにした長い髪が乱れるのもかまわず、手指を通して掻き上げたサガンは、それまでよりもぐっと柔らかな、情の籠もった声ではっきりと口にした。

「確かにあなたは特別です。きっと、ベレト様とは異種族にもかかわらず固く結ばれた絆で繋《つな》がっているのでしょう」

「だから、俺は惹かれたのか」

「そうとしか考えられません。貴方様ともあろう御方が、こんな怠け者で頭の悪い、綺麗なだけが取り柄の人間に参ってしまわれるなんて」

自分でもわかっているが、サガンに言われると素直に聞けず、反発心が湧く。なんでこいつにそこまで言われなきゃいけないんだ、と唇を尖らせてサガンを睨むと、ベレトが宥《なだ》めるように泰幸の腰に腕を回してきた。

「今夜、俺はこいつと新たに契約を結び直すことにした。こいつも異論はなさそうだしな」

「ちょっと待てよ。聞いてない。なんのことだよ?」

身に覚えのない泰幸は、勝手に決めるなとベレトに食ってかかった。

ベレトのことは好きだし、好き以上の気持ちを抱いていると認めるのもやぶさかではないが、自分の意思を蔑《ないがし》ろにされるのはごめんだ。そこはきっちりさせておきたい。

サガンも訝《いぶか》しそうな顔をして、ベレトの意図を探るまなざしをしている。

「呆れたな」

ベレトは心底不本意そうに言い、やれやれとばかりに肩を竦めた。

「おまえが自分から望んだんだろう。俺と共に向こうで生き続けたいと」

「そ、それは!」

泰幸としては駄々を捏《こ》ねただけのつもりだっただけに、あらためて俎上《そじょう》に載せられ、赤面する。我ながらなんという身の程知らずな、無茶すぎる願いを口にしたのかと、さすがに恥ずかしくなった。

「いくらベレトでもできることとできないことがあるのはわかっているから」

「つまり、冗談だと？」

そうであってくれたら助かります、としっかり顔に書いたサガンがすかさず確かめる。

「まぁ、そう……」

「できないことはできないとその場で言う」

泰幸の返事に被せるようにしてベレトがきっぱりと言い切った。

「ベレト様っ」

「サガン、おまえは下がっていろ。俺の伴侶選びに口出しするな！」

静かだが烈火のごとく激しい勢いを感じさせる叱責に、サガンはたちまち畏《かしこ》まり、最敬礼して頭を垂れた。

「出過ぎたまねをいたしました。心よりお詫び申し上げます」

「行け。当分戻ってくるな。俺はおまえが大切だ。おまえも俺を想うなら、俺がはじめて堕ちた相手を受け容れろ。いや、本当はもうおまえもこいつをとうに好きになっているんだ。違うか、サガン？」

「どうか、今は、ご容赦くださいませ」

見ればサガンの顔は上気して薄桃色に染まっている。目元も赤らみ、いつもの冷たい表情からは想像もつかない動じぶりだ。こんな顔を見せられたら、誰であれこれ以上責めようという気にはならないだろう。

ベレトが鷹揚《おうよう》に首を縦に振って頷くと、サガンは光の加減で黒の中に七色の輝きが見える美しい翼を広げ、あっという間に姿を消した。

「さぁ。次はおまえの番だ」

ベレトは愉しくて仕方なさそうに唇の端を上げて前置きすると、泰幸の腕を摑んでソファを立つ。泰幸はそのままベレトの胸板に縋《すが》る形で抱き竦《すく》められ、抱擁のきつさに小さく喘《あえ》いだ。

「まずは向こう百年、俺はこの世界でたっぷりおまえを可愛がり、俺の精気を少しずつ注いでおまえの肉体を作り変えてやる」

「それが、新しい契約？」

ベレトの力強い腕の中で心臓を激しく鼓動させつつ、泰幸は半信半疑で訊ねた。

「なくした腕を再生させるために帰還したおり、療養先で父上とお会いした。その際、当初の心積もりは八十年の追放処分だったが、今回の儀でさらに二十年加算し、今後百年戻ってくることまかりならんとの沙汰を受けた」

「……ごめん。俺のせいで」

俯《うつむ》いた泰幸の顎をベレトの長い指が擡げ、唇を軽く啄《ついば》まれた。

「なに。父上は案外お喜びなのだ。移り気で、どんな美女にも美男にも堕ちなかった俺が、やっと本気になれる相手を見つけたのだからな」

それがまさか自分のことだとは言わないだろう。そんなはずはない。泰幸はまじまじとベレトの黒い瞳を見据え、期待しそうになる気持ちを戒めた。

「なぜそう考える。いつもはもっと楽観的でご都合主義じゃないか。こんなときこそ、自分に自信を持ったらどうだ。多少自惚《うぬぼ》れが過ぎるくらいがおまえには似合いだ」

「なんだよ、それ」

「魅力的だと言ったんだ。ばかめ」

「ばか、ばかと気易く言うな」

泰幸は憎らしくも愛しい男の逞しい胸板を拳で叩き、腕を突っ張って離れようとする。

しかし、反対にベレトはいっそう泰幸の体に回した腕に力を込め、背骨が折れるかと思うほど激しく抱き竦めてきた。

「俺はおまえから今までどおり精気を分けてもらう。一時はおまえの体調を考慮しすぎて遠慮していたが、これからは容赦しない。毎晩抱いて、毎晩俺から半分返す。俺の中にいったん取り込んだ精気を、俺のものと混ぜて返すんだ。一度やったら、あまりの濃厚さにおまえは朝からサカって乱れた」

「お、思い出させるなっ」

言葉にされると羞恥心が倍増し泰幸は狼狽えた。

「覚悟しろ。あれが毎日おまえの身を襲う」

「嫌だ。そんなの冗談じゃない」

「むろん冗談ではない」

ベレトは泰幸の躊躇いや不安を包括して投げ捨てさせるように掻き口説く。

「泰幸、俺の伴侶になれ。俺を受け容れ、身を任せろ。俺とおまえは相性がいい。それははじめからわかっていることだったが、俺が思っていた以上の絆があるようだ。おまえは理想的に淫らだ。心配しなくても、欲しくなったときには俺に縋ればいい。俺はいつも傍にいる」

「百年、ちゃんと？」

「ああ」

真摯に、限りなく真剣に、ベレトは誓う。

「俺がもしヨボヨボの爺さんになったら？」

「ならない」

ベレトの言葉は確信に満ちて揺るぎなく、僅かの曖昧さもない。

「おまえはずっとこのままの姿で生き続ける。そうなると逆に、この世界では生き辛いのではないか」

「それは……そうかもしれないけど」

「悪いようにはしない。俺と契約を結び直せ。いや、ぜひそうしてくれ」

最後は懇願する口調になったベレトの神妙な顔つきに、泰幸はグッときた。

「いいよ。あんたがずっと傍にいてくれるんなら」

それが泰幸の一番の望みだ。ベレトが一緒であれば、何年どこで生きようとかまわない。ベレトの住む異界に連れていかれるのも恐ろしいとは思わない。

「俺はろくでなしだと自分でも思うけど、あんたは本当に俺みたいなのでいいんだな？」

泰幸からもベレトに確かめる。

ベレトは面白そうに口元を綻ばせ、黒い目を嬉々として輝かせた。

「ろくでなしでいい。俺も十分ろくでなしだ」

そうか、と納得すると、泰幸はベレトの首に自分から抱きつき直し、背伸びした。

色香を感じさせる唇に口づける。

はじめのうちは口唇を吸い合うだけだったキスは、すぐに舌を絡ませる濃厚な行為に取って代わる。

これって誓いのキスか、と泰幸が照れながら考えると、そうだ、とベレトが答える。

また俺の頭の中に無遠慮に入ってくるようになったんだな。一時はやめていたみたいだったのに、どういう風の吹き回し？

それに対するベレトの答えは、常に傲然とした異界の王子にはおよそ似つかわしくない囁《ささや》きでもって返された。

「おまえに惚れていると自覚した途端、おまえの気持ちを知るのが怖くなった」

「……なに、それ？」

ベレトの言葉とも思えぬ弱気ぶりに泰幸は意表を衝かれて目を丸くする。ストレートな告白に照れくささが込み上げもした。

「俺だって認めるまでにはずいぶん葛藤した」

やはりベレトも気恥ずかしいのか、ぶっきらぼうな面持ちになる。

「最初はなんとなくおまえの本音を聞くのが嫌だと感じるだけだった。それが己の自信のなさゆえだと悟ったのはずいぶんしてからだ。だが、その俺の意気地のなさのせいで、おまえの行動を察知し損ね、危険に晒すことになった。あんな思いをするのはごめんだ。第一、おまえを守ると誓った契約にも反することになる」

「だから、また読むことにしたってての？」

「おまえがもっとしっかりしてきたら俺も控えるようになるだろう」

「いいよ、べつに」

泰幸はベレトの目を見てきっぱり言う。

「俺、あんたに隠したいことなんか何もないし」

それどころか、ベレトにすべて知ってもらうほうが嬉しいと感じてしまう。ベレトがしばしば言うように、泰幸は確かに少し変わっているのかもしれない。

「ねぇ、上に……行かない？」

もっと深くベレトと繋がりたくなって、泰幸からねだった。

「途中でやめろと泣いても聞いてやれないぞ」

泰幸は淫らな快感にゾクリとしながら、もう一度首を伸ばしてベレトの唇にキスをした。

そのままそっと目を瞑る。

こうすれば、いつものとおり次の瞬間には裸でシーツに縫い止められているはずだった。間の数分を泰幸だけが知らずに過ごしたような不思議な感覚にも、もう慣れてきた。

ふわりと体が浮く。

いつもと違うと狼狽《うろた》えて目を開けてみると、あろうことかベレトに抱き上げられている。頑丈な腕で軽々と横抱きにされ、一歩一歩階段を上がって寝室に向かっている。泰幸は意外さに唖然とした。まるでごく普通の恋人同士のようだ。

「どういう風の吹き回し？」

「悪いか。したいと思ったからしただけだ」

わざとのようにムッとした調子で返事をし、慎重にベッドの上に泰幸を下ろす。

ギシッとスプリングを軋ませて泰幸の胴を跨《また》いでのし掛かってきたベレトは、壮絶な色香を纏っていて、自信たっぷりにフッと笑い、泰幸の心臓を壊れそうなくらい乱打させた。

ベレトは泰幸の唇を荒々しく貪《むさぼ》りながら、トレーナーを捲り上げ、長い爪で乳首を弾いたり摘み上げて指の腹で磨り潰すようにしたりして刺激する。

「んっ、ん……っ、あふ……ぅ」

感じて身動《みじろ》ぎするたびに膨らんだ股間がベレトの太股に擦れ、ますますはしたないことになる。喘ぐたびに唇の端からは唾液が零れ落ち、顎まで濡らす。

夢中でキスに応え、ビクン、ビクンッと肩や腰を揺らして悶えつつ、泰幸はベレトのシャツのボタンを覚束ない手つきで一つずつ外していった。途中、ベレトにトレーナーを頭から脱がされたときには、腕や首を抜くのに協力した。

「なるほど。たまにはこういうまどろっこしいやり方も燃えるな」

泰幸の手ではだけられたシャツを脱ぎ捨てたベレトは、目を眇めてまんざらでもなさそうに言う。厚みのある胸板と引き締まった腹は弾力のある硬い筋肉でぴっちりと覆われ、見るからにセクシーだ。恐る恐る確かめた右腕には傷一つついておらず、泰幸をホッとさせた。

「元通りになって本当によかった」

ベレトの腕に触って滑らかな皮膚を撫で、じわじわと込み上げてきた喜びと安堵を嚙み締める。ずっと気がかりだっただけに、こうして再びベレトに抱かれて泣きそうなくらい嬉しい。

「こっちにいたらおそらくここまで完全には再生しなかったかもしれない」

「俺……あいつに感謝してる。ときどき嫌なやつだけど」

「サガンも案外おまえを気に入っているようだが」

そうなのかもしれない、と泰幸もちょっと図々しく思った。

ベレトの舌が泰幸の尖った乳首に器用に絡みつき、唇で挟んでくちゅくちゅと吸い上げる。体の部位を自在に変化させるベレトは、滑らかだった舌に細かな棘《とげ》を生やし、敏感に凝った突起を舐《な》めまくる。これをされると泰幸は弱かった。ザラザラした感触にたまらなく感じてしまい、首を左右に打ち振り、嬌声を放つ。

「ずるい、ずるい、ベレト」

こんなの反則だと啜り泣きしながら訴えても、ベレトは愉しそうに喉の奥で笑うばかりだ。泰幸が悦んでいることをちゃんとわかっているらしく、遠慮する気配もない。

「胸ばっか弄《いじ》んなよっ」

「そう焦るな」

ベレト自身も雄芯を硬く張り詰めさせているのに、余裕たっぷりだ。

泰幸の体をひっくり返し、背中にも丹念に指と舌とを這わせていく。

指先を掠められただけでピクッと引き攣《つ》る肌の具合を確かめ、堪能するかのように、ねっとりと弄り、舐め回す。

うっすらと汗を浮かばせた肌に余すところなく唇を滑らせたベレトは、

「おまえの体液は花の蜜のように甘く芳しい」

と囁いた。

「俺の官能を擽《くすぐ》り、興奮させる媚薬だ」

吐息が肌を掠めるたびに泰幸はあえかな声を立て、ビクビクと身を揺らした。

俯《うつぶ》せのまま腰を掲げさせられ、コットンパンツを下着ともどもずらして足から抜かれる。

背筋を辿り下りてきた指が尾てい骨を撫で、さらにその下の奥まった部分にまで侵入する。

膝を開かされ、剝《む》き出しになった窄まりの縁に指を掛けて穴を広げられ、泰幸は羞恥に唇を嚙んだ。もう何度となくベレトを受け容れてきた場所だが、視線が注がれるのを感じると居たたまれない心地になる。

「やめろ、見るな」

それより早く淫らにひくつくそこを慰め、猛った太いもので貫かれたい。硬くて長大なベレトの雄芯が挿《はい》ってくることを考えると、想像だけで達《い》きそうになる。

「いやらしく収縮させて、俺を誘っているのか」

「あんたが悪いんだろ！　長いこと放っておいたくせに」

悔し紛れに言い返す。

「ああ。おまえは他の男と遊びもせずにおれを待っててくれていたんだな。ずっと見ていた。早く戻ってきたくて仕方なかった」

ベレトの率直な言葉が泰幸の胸をきゅうっとさせた。

気恥ずかしさと猛烈な歓喜とで頬がカアッと熱くなる。

シーツに顔を埋めた泰幸の秘部に、ベレトがぬめった舌を差し入れてきた。

「アッ、アッ」

ぐにぐにと襞《ひだ》を掻き分けて進入してきた舌は、人間ではあり得ない長さに形を変えており、狭い器官をみっしりと埋め、唾液を塗《まぶ》して濡れそぼらせる。

「いやっ、だめ……！　アアァ、感じるぅ」

ぐちゅぐちゅと卑猥な音をさせて激しく抜き差しされる舌は絶妙な動きと圧迫感で泰幸を翻《ほん》弄《ろう》する。指では届かない深い部分まで伸びて自在に動き回る舌先が、泰幸の弱みを突き、舐め、擽り、かつてない悦楽を生じさせた。

昂りきり、粘ついた先走りを滴らせる性器もベレトに摑み取られ、陰嚢《いんのう》を揉みしだかれる。双珠を転がされ、ときどき虐《いじ》めるように強く握り込まれて、泰幸はひっ、ひっ、と喉の奥で引き攣った声を立てて悶えた。後孔に与えられる淫猥な抽挿《ちゅうそう》と前を弄る指の動きが相互に働いて、休む間もなく追い上げられる。

後孔はぐっしょりと濡れそぼち、舌を抜かれると物欲しげな収縮を繰り返す。

「挿《い》れて、ベレトの。欲しい」

「ああ」

ベレトの声にも欲情がはっきりと表れていた。

「俺もおまえがたまらなく欲しい」

カチャッとスラックスのベルトを外す生々しい音がして、泰幸はますます昂った。

両手でがっちりと腰を摑んで固定され、綻んで潤った秘部に硬い先端をあてがわれる。

期待と、大きすぎるものを受け容れる怖さとで、軽く緊張が走る。

ずぷっと解《ほぐ》れた襞を広げて熱い塊が押し入ってきた。

「くううっ……あぁあ、あっ」

容赦なく内壁を擦り立てて奥へ奥へと進んでくる雄芯に、泰幸はシーツを摑んで耐えた。

悦びと苦痛が一緒くたになって襲ってきて涙が零《こぼ》れる。

「泰幸」

ググッと腰を突き入れながら、ベレトの手がシーツを握り締めた泰幸の手に被さってくる。シーツを放した指にベレトが自分の指を絡め、しっかりと握り締めた。

「俺のものだ」

「ベレトッ」

大きく吸い込んだ息を吐き出したところに、ズンッとベレトが強烈な一突きをしてきて、荒ぶった陰茎を付け根まで収めた。豊かな下生えが泰幸の双丘にあたる。

「……っ、久しぶりにもらうと……この俺が持っていかれそうだ」

ベレトの声に恍惚が交じる。

背中をいったん曲げて泰幸に覆い被さり、衝撃に耐える体勢を取ったあと、ベレトは低く吠えるような呻《うめ》き声を発しつつ今度は上体を大きく反らせた。

バサッと黒い翼が背中に生え、雄壮な姿を露にする。

ベレトの汗が泰幸の背中に落ちてきて、泰幸はそれにさえ感じて淫らな声を上げた。

このまま動かされたら、よくなりすぎてきっとまた気を失うと思った。

ベレトの翼を見ると泰幸のボルテージはいっきに跳ね上がり、ほかではもう満足できないのではないかというくらい興奮する。

いた。

「動いてもいいか」

少し落ち着きを取り戻したらしいベレトに背後から抱き竦められて、泰幸は躊躇《ためら》いがちに頷いた。

「心配しなくても壊しはしない。おまえは俺の永遠の伴侶だ」

「……うん」

泰幸の承諾の言葉が新たな誓いを締結させたらしい。

ベレトが泰幸の両の肩胛骨《けんこうこつ》に厳かに唇を触れさせると、そこが熱を持ったように疼きだしてきた。

「もしかして、俺にもいつか翼が生える……？」

「かもしれない。我々は交合の際、翼を広げて愛情を確認し合う。異種族間ではどうなるのか、今まで誰も正式な伴侶を持ったことがないので、記録がなくてわからない」

「じゃあ、俺が初めてなんだ」

なんだかすごいことになったなと遅ればせながら自覚する。

それでも、まぁどうにかなるだろう、とすぐに楽観的に考えて開き直れるのが泰幸だ。ベレトと会うまでは、どうにでもなれと投げ遣りに過ごしてきたが、これからはもう少し前向きに生きていける気がする。

「俺、明日バイトどうしよう」

「好きにしろ。ただし、だからといって今夜は手加減しろというのはなしだ」

それじゃきっと起きられなくなる……。

好きにしろ、などとものわかりのいい振りをしながら、ベレトが行かせたがっていないことは伝わってきた。それより自分と一緒にいる時間をもっと作れと求めるかのごとく、ズッズッと腰を突いたり回したりして責めてきた。

次から次へと襲ってくる法悦に泰幸は喘ぎ、啜り泣きして、めちゃくちゃに乱れた。

頭の中が真っ白になり、堪えきれずに射精する。

ベレトもまた前後するタイミングで泰幸の中に出していた。

汗ばんで火照った肌と肌をくっつけ、後孔を穿《うが》たれたまま器用に仰向けにされ、息を荒げた口をベレトに貪り吸われる。

まだ終わらないぞ、としっとり濡れて欲情した黒い瞳が告げていた。

泰幸はこくりと喉を鳴らし、面映《おもは》ゆげに睫毛を揺らす。

「好きにすれば」

どうせ俺はあんたのものだ。

ベレトからの返事は、満悦した美しい笑みだった。

あとがき

このたびは本著をお手に取ってくださいまして、ありがとうございます。

超絶美形の人外×ろくでなし美青年の話です。人外はたぶんに悪魔とか魔族とかそちら系のつもりなのですが、個人的な拘りから、あえて詳《つまび》らかにしない方向で貫かせていただきました。なので、ベレトと従者サガンの住む世界は、彼らの言い方によりますと『我々の世界』ということになります。

人外という設定で作品を書くことはそれほど多くないのですが、今回、不思議な力や背中に翼が生えるシーンを描写することができて楽しかったです。人間同士ではあり得ないことを、この際いろいろと詰め込んでみました。

泰幸《やすゆき》のキャラクターも、私にしてはあまり書かないタイプかなという気がします。書き始めは彼という人が今ひとつ摑みにくくて相当苦しみましたが、話が進むに従い徐々に可愛くなってきて、脱稿間際にはしっかり愛着が湧いていました。

一見、なんでもできるスーパー攻様のベレト殿下も、実は泰幸と根っこはそう変わらないヤンチャだよね、と思うと、ベレトもまた可愛く感じられてきます。

サガンだけは最初から最後までツンを守り通した気がします。いつか機会がありましたら、サガンがデレるところも書いてみたいです。私の脳内では、サガンもそのうち人間の男と関係ができることになっています。ただし、その攻様はただの人間ではなく天使的種族の生まれ変わりで、かなり意地悪な性格。そういう人に翻弄されて振り回されるサガンを想像すると、萌えてしまいます（笑）。

読者の皆さまからのご意見、ご感想等、心待ちにしております。一言でも結構ですのでお気軽にお聞かせいただけますと嬉しいです。

今回、普段めったに書かない人外ものを題材に選びましたのは、ひとえにイラストを笠井《かさい》あゆみ先生にお引き受けいただく僥倖に恵まれたからです。もう、それしか頭に浮かびませんでした。このたびは、素敵なイラストの数々を本当にどうもありがとうございました。ピンナップのベレトとサガンに至っては、拝見した途端、躍りだしそうになるくらい感激しました。脱稿が遅くなり、ご迷惑をおかけしまして、申し訳ありませんでした。

この本の制作にご尽力くださいましたスタッフの皆さまにも厚くお礼申し上げます。

それでは、また次の作品でお目にかかれますように。

遠野《とおの》春日《はるひ》拝

この本を読んでのご意見、ご感想を編集部までお寄せください。
《あて先》〒105－8055　東京都港区芝大門2－2－1　徳間書店　キャラ編集部気付
「蜜なる異界の契約」係

■初出一覧
蜜なる異界の契約……書き下ろし

Chara

蜜なる異界の契約

【キャラ文庫】

2012年10月31日　初刷

著者　遠野春日
発行者　川田 修
発行所　株式会社徳間書店
〒105-8055　東京都港区芝大門2-2-1
電話048-451-5960（販売部）
03-5403-4348（編集部）
振替00140-0-44392

印刷・製本　図書印刷株式会社
カバー・口絵　近代美術株式会社
デザイン　間中幸子

ISBN978-4-19-900688-3

好評発売中

遠野春日の本

【獅子の寵愛】

獅子の系譜2

イラスト◆夏河シオリ

身も心も捧げたのに、突然、姿を消して裏切った男が忘れられない——。謎の投資家・ヴィクトルへの執着を断ち切れずにいた、巨大財閥の後継者・蘇芳《すおう》。そこへ手を差し伸べたのは、幼い頃から付き従う秘書の東吾《とうご》だ。「私が抱いて慰めて差し上げます」——固く復讐を誓いながらも、東吾との関係に溺れていく蘇芳。ところがある日、正体を明かしたヴィクトルが再び蘇芳の前に現れて…!?

好評発売中

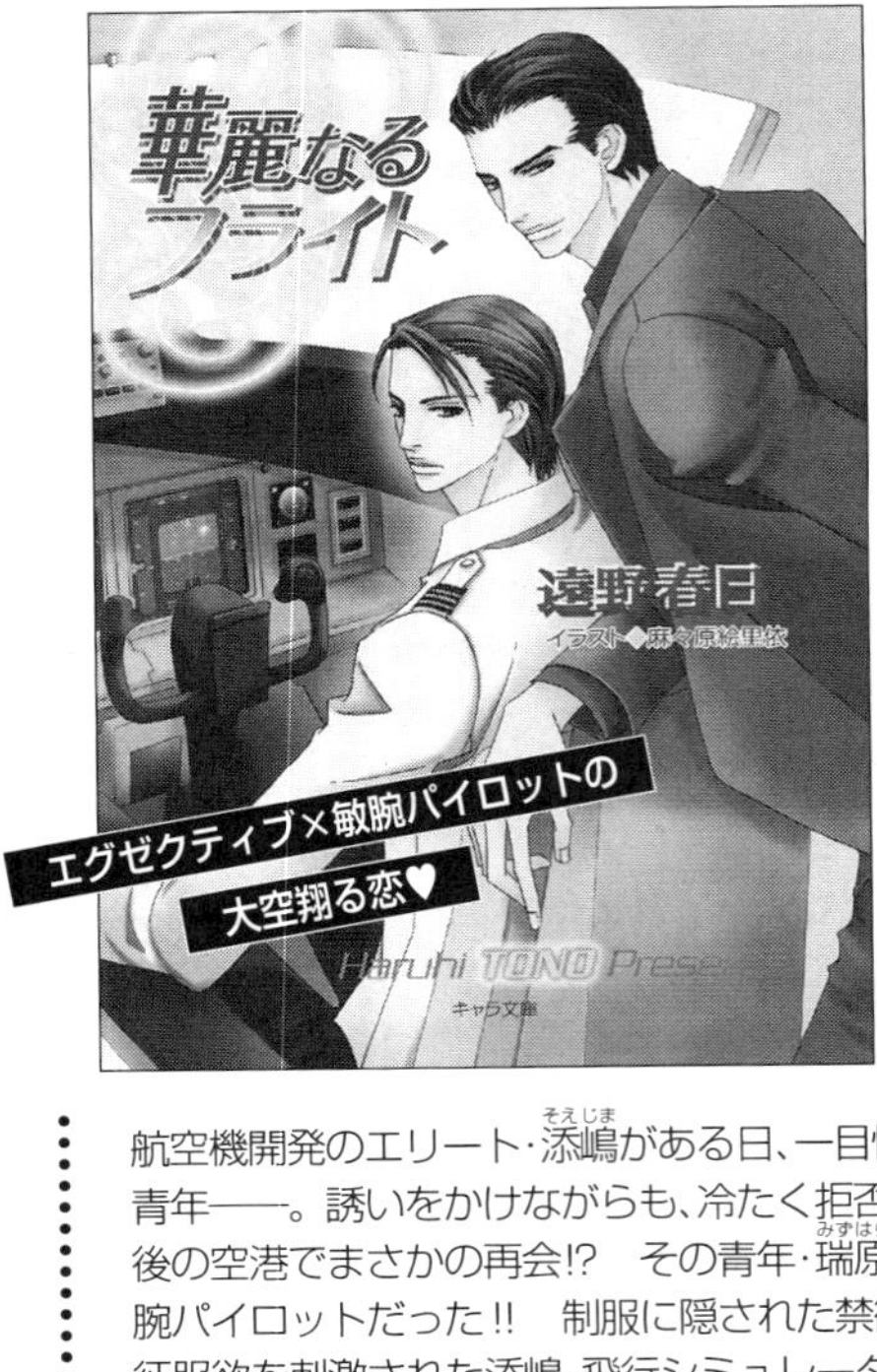

遠野春日の本
【華麗なるフライト】
イラスト◆麻々原絵里依

航空機開発のエリート・添嶋《そえじま》がある日、一目惚れした白皙の美貌の青年——。誘いをかけながらも、冷たく拒否された添嶋だが、数日後の空港でまさかの再会!? その青年・瑞原《みずはら》はなんと、国際線の敏腕パイロットだった!! 制服に隠された禁欲的な物腰に、さらに征服欲を刺激された添嶋。飛行シミュレータの実験を口実に、瑞原を職場に呼び出すが——!? 大空翔るドラマティックLOVE!!